Renegat. Zagubieni. Tom 4

J.N. Chaney

Renegat. Zagubieni.

Tom 3

Tłumaczenie Monika Wiśniewska

Podium

Renegat. Zagubieni. Tom 4

Tłumaczenie Monika Wiśniewska

Tytuł oryginału *Renegade Lost*

Język oryginału angielski

Copyright © 2018, 2022 J.N. Chaney i SAGA Egmont

Wszystkie prawa zastrzeżone

ISBN: 978-1-0394-6091-1

Wydanie I

www.podiumentertainment.com

Dla mojego ojca,
    który nauczył mnie, jak się pracuje.

Zagubiony statek. Nieznana cywilizacja.

Zbuntowana Gwiazda jest pozostawiona własnemu losowi, silniki nie działają, otoczenie pozostaje nieznane. Dryfująca w przestrzeni załoga otrzymuje dziwny przekaz z pobliskiej planety – ktoś ich ostrzega, że mają się trzymać na dystans, w przeciwnym razie będą się musieli zmierzyć z konsekwencjami.

Kiedy w przekazie pojawia się wzmianka o tym, że ten świat należy do Ziemi, zaginionej kolebki ludzkości, kapitan Jace Hughes wie, że musi to zbadać. Niemające końca śnieżyce, spragnione krwi zwierzęta czyhające za każdym rogiem i nieobecność kolonii czy ludzi sprawią, że ta misja nie okaże się prosta.

Dobrze, że wysłano tam Renegata.

Jeśli jesteś fanem *Firefly*, *Battlestar Galactica* czy *Przebudzenia Lewiatana*, zachwycisz się tym epickim thrillerem i operą kosmiczną w jednym.

Renegat. Zagubieni. Tom 4

1

– Wchodzimy w atmosferę – poinformował Sigmond. – Proszę się przygotować na niewielkie turbulencje.

Siedziałem w kokpicie i obserwowałem, jak Zbuntowana Gwiazda wchodzi w górną część stratosfery nieznanej planety gdzieś na totalnym pustkowiu. W innych okolicznościach możliwe, że w ogóle bym ją ominął. Pokrywała ją warstwa śniegu i lodu, a na powierzchni nie dało się dostrzec niczego wartościowego.

Ale dopiero co dotarł do mnie stamtąd przekaz z ostrzeżeniem, abym się trzymał z daleka, dlatego że ten świat należy do Ziemi, zaginionej ojczyzny ludzkości, miejsca, które, jak wierzyłem, należy do świata bajek. Tak było, zanim nie poznałem Abigail, Lex, Freddiego i Atheny... zanim nie odkryłem przenośnego Księżyca, będącego także superbronią. W ostatnich dniach zobaczyłem kolejne dowody na istnienie Ziemi, które sprawiły, że powinno się napisać podręczniki do historii od nowa. Co nie znaczyło, że się do czegoś takiego paliłem. Nie byłem uczonym ani historykiem. Mało interesowała mnie zmiana stanu galaktyki albo to, w co ktoś wierzy. Ja byłem tylko Renegatem, próbującym przetrwać, próbującym utrzymać swoją załogę przy życiu.

W czasie kiedy mój statek schodził coraz niżej, usłyszałem, jak drzwi do kokpitu się otwierają. Do środka wparowała Abigail.

– Dlaczego lądujemy na tej planecie? – rzuciła.

Musiała dostrzec atmosferę przez okno i się zaniepokoiła. Wcale jej się nie dziwiłem. Na szybko podjąłem decyzję o zbadaniu przekazu, w ogóle z nią tego nie konsultując.

– Usiądź. – Wskazałem na sąsiedni fotel. – Mamy problem.

Tak zrobiła i wbiła spojrzenie w widniejący na desce rozdzielczej holograficzny obraz prezentujący układ całego kontynentu.

– Posłuchaj – powiedziałem, stukając w konsolę. Odchylając się na fotelu, odtworzyłem przekaz. – „Uwaga, ten świat pozostaje własnością Ziemi. Zgodnie z umową kolonizacyjną wszystkie statki Przelotnych powinny unikać orbity i nie ryzykować znalezienia się w zasięgu sieci obronnej".

Oczy Abigail zrobiły się wielkie jak spodki.

– To jest prawdziwe? – zapytała.

– Na to wygląda – odparłem, wyłączając przekaz. – Wkrótce się przekonamy.

– Albo i nie – zripostowała. – Tamta kobieta przypuszczalnie nie żyje, nie sądzisz? Możliwe, że lecimy tam po nic.

– Mam zawrócić? – zapytałem, znając już odpowiedź.

Przez chwilę milczała, aż w końcu pokręciła głową.

– Nie. Zobaczmy, co to takiego.

Kiwnąłem z zadowoleniem głową. Abby nie była głupia. Wszystko mające związek z Ziemią warte było zbadania i oboje to rozumieliśmy. Jeśli Tytan po nas nie wróci, a oczywiście istniała taka możliwość, sami będziemy musieli się stąd wydostać. Może ta planeta kryła w sobie odpowiedzi. Może uda nam się znaleźć jakieś części przydatne do naprawienia silnika. Tak czy inaczej, siedzenie w kosmosie i czekanie na ratunek nie wchodziło w grę. Nie dla nas. Coś takiego nie leżało w naszej naturze.

Gdy przebiliśmy się przez chmury, zbliżając się do powierzchni planety, śnieżyca przybrała na sile. Okna zaczynały obrastać szronem tak szybko, że pomyślałem, że może się zakopiemy, kiedy dotkniemy ziemi.

Zanim wylądowaliśmy, wiatr znacznie przyspieszył i zrozumiałem, że musimy to przeczekać.

Westchnąłem ciężko.

– No to czekamy – mruknąłem. Pchnąłem kciukiem głowę Foxy Stardust i obserwowałem, jak się kołysze. – Najlepiej trochę się prześpijmy. Potrzebuję tego jak nie wiem co.

Zapach wydobywający się z ekspresu do kawy wypełnił salonik intensywną wonią, która sprawiła, że miałem się ochotę uśmiechnąć.

Nalałem sobie kubek i powąchałem pyszną parę. Gdyby tylko smak był równie dobry jak zapach, ale ekspres pochodził ze statku Unii. Od kilku dni planowałem zastąpić to przeklęte urządzenie innym, tyle że przez te wszystkie walki i ucieczki jakoś nie miałem okazji.

Poza tym Tytan miał własne dyspensery z jedzeniem, a na stołówce można było dostać całkiem porządną sztuczną kawę. Przyzwyczaiłem się do niej i odsunąłem od siebie zakup nowego ekspresu. Że też musiałem być taki leniwy.

„Wszystko w swoim czasie", pomyślałem, wpatrując się w kubek z napojem. „Najpierw zbadamy przekaz, potem znajdziemy sposób na wydostanie się z tego układu i zdobycie nowego ekspresu".

– Jace, co ty robisz? – zapytała Abigail, która najwidoczniej mi się przyglądała.

– Kawę – fuknąłem. – A niby na co to wygląda?

– Na to, że marnujesz czas – odparła.

– Tylko głupiec uważa kofeinę za marnotrawstwo. – Odwróciłem się tyłem do niej.

W tym momencie do saloniku wszedł Freddie.

– Ktoś robi kawę? – zapytał.

– Proszę bardzo. – Odsunąłem się od ekspresu. – Ja już mam.

Oczy mu rozbłysły.

– No to robię!

Tuż po nim weszła Dressler. Przyglądałem się, jak idzie bez słowa. Formalnie rzecz biorąc, pozostawała moją więźniarką… a może zakładniczką? Albo gościnią? Nie nadążałem za nazewnictwem.

W każdym razie przebywała na pokładzie i niedługo będę musiał wykombinować, co z nią zrobić.

– Doktorko – rzekłem i skinąłem głową.

– Renegacie – odparła mniej wrogo, niż się spodziewałem. – Może mi pan powiedzieć, dlaczego na zewnątrz zamiast mrocznej przestrzeni mamy szalejącą śnieżycę?

– Och, to. – Wziąłem łyk kawy. – Odebraliśmy przekaz i postanowiliśmy to zbadać.

– Co z pańskimi przyjaciółmi? Nie powinniśmy czekać, aż nas znajdą? – zapytała Dressler.

– Mam siedzieć i czekać z założonymi rękami? W taki właśnie sposób rozwiązujecie swoje problemy?

Spiorunowała mnie wzrokiem.

– Nie powiedziałam, że nic pan nie powinien robić, ale wylądowanie na jakiejś planecie bez planu działania nie wydaje się najlepszym sposobem na spożytkowanie naszego czasu. Powinniśmy się skupić na naprawie napędu ślizgowego.

– I właśnie tego chcę od ciebie – oświadczyłem. – Cóż, ciebie i Freda. Ktoś musi sprawować nadzór.

– Boi się pan, że mogę dokonać próby sabotażu statku? – zapytała, krzyżując ręce na piersi. – Wysłać do Unii wezwanie pomocy?

– O tym akurat nie myślałem, ale teraz zaczynam się zastanawiać.

– Nie zrobi tego – odezwał się Freddie.

– A ty skąd to, u licha, możesz wiedzieć? – zapytałem.

Chłopak zawahał się i spojrzał na doktorkę, szukając u niej pomocy.

– Nie zrobiłabym tego, gdyż coś takiego naraziłoby na niebezpieczeństwo nas *wszystkich*.

– Tu masz rację – przyznała Abigail.

Freddie kiwnął głową.

– No właśnie. Gdyby dała znać Unii, otworzyliby ogień, nawet jeśli ona jest na pokładzie.

– W przeciwieństwie do pana, kapitanie Hughes, cenię sobie własne życie – oświadczyła Dressler. Odwróciła się i ruszyła w stronę maszynowni. W drzwiach obejrzała się przez ramię. – Idzie pan, panie Tabernacle?

Słysząc swoje nazwisko, Freddie się ożywił.

– No tak. – I wyszedł za nią.

Milczałem, dopóki oboje nie znaleźli się poza zasięgiem mojego głosu.

– Co sądzisz? – zapytałem, odwracając się do Abigail.

– O czym?

– O doktorce – wyjaśniłem. – Myślisz, że powinniśmy jej ufać?

– Nie powinniśmy ufać nikomu, ale nie wydaje mi się, aby zrobiła coś, czym naraziłaby własne życie. Nie jest żołnierką ani szpieżką.

Kiwnąłem głową.

– Siggy, monitoruj naprawę i daj mi znać, kiedy silniki znowu znajdą się online.

– Tak jest, proszę pana – odparł Sigmond, mówiąc bezpośrednio do mojej słuchawki.

– Gdy śnieżyca odpuści, wychodzimy – oznajmiłem, patrząc na Abigail. Wziąłem łyk kawy. Tym razem otwarcie się wzdrygnąłem z powodu gorzkiego smaku.

Abby wzięła ode mnie kubek i też się napiła.

– Będę gotowa.

2

Zamieć śnieżna nie ustała; opady stały się jedynie mniej obfite. Według skanów Sigmonda śnieg padał i będzie padał przez kilka kolejnych dni. I tak nie było najgorzej, bo to oznaczało, że w końcu możemy opuścić statek i poszukać źródła przekazu.

W swoim pokoju założyłem najgrubszy skafander, jaki miałem, a do tego ocieplane getry i czapkę. Była to odzież specjalnie przystosowana do zimowej aury, z ogrzewaniem wewnętrznym, które będzie się dostosowywać do temperatury ciała. Warto mieć coś takiego, kiedy się ucieka z jednej planety na drugą. Nigdy nie wiadomo, na jakie zagrożenia się trafi. Lepiej być aż nadto przygotowanym niż wcale.

Zapiąłem skafander i wyszedłem z pokoju.

– Gotowy? – zapytała Abigail. Jej głos dobiegał z drugiego końca saloniku.

Podniosłem wzrok i zobaczyłem, że stoi tam w stroju, który jej dałem – obcisłym kombinezonie, opinającym jej ciało od stóp aż do szyi. Był cieńszy od mojego i na chwilę aż znieruchomiałem.

Musiała to zauważyć, bo przewróciła oczami.

– Nie wierzę, że tylko to miałeś – rzuciła w końcu, podchodząc do mnie.

– Pasuje do twojej figury – stwierdziłem, co było prawdą.

Ten strój był przystosowalny i mógł go założyć niemal każdy, mężczyzna i kobieta. Opinał się na ciele w celu lepszej regulacji temperatury, co przy takiej pogodzie było konieczne.

– Aha. – Zerknęła przez okno statku. Śnieg cały czas padał, ale już znacznie słabiej. – Gotowy do wyjścia?

– Jeśli ty, to i ja.

Dotknęła pistoletu na swoim udzie.

– Sprawdźmy, co się tam kryje.

Udaliśmy się do ładowni. Drzwi windy się otworzyły, wpuszczając podmuch zimnego wiatru. Na metalową kratę opadały płatki śniegu, momentalnie topniejąc.

– Nie znoszę zimna – burknąłem, otwierając jedną z szafek i wyjmując z niej broń.

– Rzeczywiście wyglądasz mi na miłośnika plaż – rzekła Abigail.

– A znasz kogoś, kto nim nie jest? – zapytałem. – Drink i ciepła plaża to zdecydowanie przyjemniejsza perspektywa niż śnieżyca i mróz.

Opuściliśmy statek i każdy krok pozostawiał po sobie dużą dziurę w śniegu. Zastanawiałem się, ile minie czasu, nim śnieg zasypie te ślady. Zważywszy na tempo opadów, raczej niewiele.

Zastukałem w ucho, aktywując komunikator.

– Siggy, gdzie są Dressler i Freddie?

– W maszynowni, proszę pana – odpowiedziała AI.

– Otwórz linię – poleciłem i zaczekałem na kliknięcie. Po chwili kontynuowałem: – Fred, tu Hughes.

– Tak, proszę pana! Słyszę pana głośno i wyraźnie – odparł Freddie.

– Jesteśmy na zewnątrz i wydaję polecenie zamknięcia statku. Bez mojej autoryzacji nikt nie może wejść ani wyjść. Rozumiesz? Do naszego powrotu macie siedzieć na tyłkach.

– Tak, rozumiem.

– I miej na oku Dressler. Nie zostawiaj jej samej.

– Cały czas będę przy niej – odparł.

– Co takiego? – zapytała Dressler. W jej głosie zabrzmiało lekkie echo. – Rozmawiasz ze swoim kapitanem? Powiedz mu, że robię to, co mi kazał, i przestańcie mnie traktować jak…

Przerwałem połączenie.

– Siggy, zainicjuj zamknięcie, moja autoryzacja.

– Inicjuję – potwierdził Sigmond. – Zbuntowana Gwiazda jest zabezpieczona. Wysyłam do pana miejsce pochodzenia przekazu. Powodzenia i proszę się postarać nie zginąć.

– Dzięki, Siggy. – Zrobiłem krok w śniegu. – I wzajemnie.

Śnieg był gęsty i ciężki i spowalniał nas bardziej, niż się spodziewałem. Mimo nakładek grzewczych pod ubraniami niełatwo mi było wytrzymać lodowaty, wiejący ze wschodu wiatr. Po zaledwie dziesięciu minutach policzki miałem zdrętwiałe z zimna. Chętnie bym już stąd odleciał.

Abigail dobrze sobie radziła. Szła szybciej ode mnie, co wcale mi się nie podobało. Może to kwestia lepszej izolacji jej stroju, a może miała po prostu doświadczenie z tego typu pogodą. Bez względu na powód słabo przy niej wyglądałem i bogowie mi świadkiem, że nie zamierzałem dopuścić, aby taka sytuacja się przeciągała.

Przyspieszyłem i dogoniłem mniszkę.

– W którą stronę? – zapytała, kiedy dotarliśmy do wypłaszczenia.

Otwartą dolinę otaczały skały. Według skanów w skałach znajdowała się sieć jaskiń, a jako że sygnał dochodził z góry i z dołu, wiedziałem, że będziemy musieli wejść do tej sieci.

– Musimy znaleźć wejście – rzekłem, oglądając na wyświetlaczu skan.

– Wejście dokąd?

Wskazałem na skalną ścianę.

– Mówisz serio?

– Nigdy nie żartuję w kwestii wchodzenia do jaskiń – odparłem.

Skalista ściana ciągnęła się w kierunku północnym i południowym; obrałem północ. Abigail również i razem zaczęliśmy poszukiwanie wejścia.

Po trzydziestu minutach znaleźliśmy szczelinę na tyle szeroką, aby dało się przez nią przejść. Początkowo była wąska, w końcu jednak się poszerzyła, tworząc pochyłość schodzącą w głąb ziemi.

– Zaczekaj, Jace. – Abigail dotknęła mojego ramienia.

Zatrzymałem się i spojrzałem na nią.

– O co chodzi? – zapytałem.

Wskazała wzrokiem na ziemię, więc też tam spojrzałem. W większości pokrywała ją gruba warstwa śniegu, lecz w miejscu, gdzie utworzyła się jaskinia, zaczęło być widoczne podłoże. I wtedy dostrzegłem to, co Abigail.

Wykute w skale schody, prowadzące w głąb ciemności.

– Nareszcie – powiedziałem.

– Jesteśmy na właściwej drodze. – Na jej twarzy widniał lekki uśmiech.

– To oznacza, że rzeczywiście byli tu ludzie – stwierdziłem. – A może nadal są. – Uniosłem ręce, udając, że ją straszę.

Abigail przewróciła oczami i zaczęła iść, ja natomiast zaśmiałem się z własnego żartu.

Przeprowadziłem szybki skan, który nam powiedział, że moglibyśmy zejść tędy do źródła przekazu. Doświadczenie mi mówiło, że to zbyt proste, nie zamierzałem się jednak kłócić z urządzeniem.

Schodziliśmy coraz niżej w głąb jaskini. Schody lśniły od zamarzniętej wody, co kazało uważać przy każdym kroku, w przeciwnym razie łatwo było się poślizgnąć i skręcić kark.

Gdy dotarliśmy na sam dół i otworzyło się przejście, światło dochodzące z zewnątrz zaczęło przygasać. Stuknąłem w pad i aktywowałem latarkę, a Abby zrobiła to samo ze swoim, przytwierdzonym do nadgarstka. Korytarz się rozjaśnił, ukazując gładsze skaliste ściany i bardziej płaskie podłoże z wyrytymi liniami.

Abby i ja popatrzyliśmy po sobie.

– Chyba dobrze idziemy – odezwała się.

Kiwnąłem głową.

– Jedynym pytaniem, jakie mam, jest to…

– Dokąd się udali ci wszyscy ludzie? – zapytała, wchodząc mi w słowo.

Zmrużyłem oczy.

– Uważaj, inaczej cię tu zostawię.

– Czcza gadanina – fuknęła, posyłając mi drwiący uśmiech. Nie przestawała iść. – Myślisz, że jest tu jeszcze ktoś żywy?

– Jeśli tak, to na pewno wiedzie kiepskie życie – stwierdziłem, rozglądając się.

Próbowałem znaleźć coś, cokolwiek, co mogłoby nam podpowiedzieć, co tu się stało.

Przypuszczałem, że jest to korytarz zewnętrzny, umiejscowiony z dala od tego, co może mieć jakąś wartość. Może znaleźlibyśmy gdzieś tutaj grobowce ze zmumifikowanymi zwłokami, może ukryty bunkier pełen pradawnej technologii, podobny do tego, który znaleźliśmy na Epsilonie, tej planecie z oryginalną mapą gwiazd. Ba, może tylko marnowaliśmy czas, nie potrafiłem się jednak oprzeć wrażeniu, że kryje się tu jakaś tajemnica – ukryty skarb pod warstwą śniegu i lodu.

A jedyne, co musiałem zrobić, to go znaleźć.

Zaledwie po dwudziestu minutach tunel się otworzył, ukazując jakieś pomieszczenie, wcale nieszczególnie duże. Właściwie gdyby nie drzwi i połamane meble, sądziłbym, że nadal znajdujemy się w korytarzu.

Omiotłem pomieszczenie latarką. Nie miałem pojęcia, czego szukam, nigdy jednak nie wiadomo, co się znajdzie, jeśli tylko będzie się miało otwarte oczy.

Abby przez chwilę stała i również się rozglądała. Większość mebli była stara i rozklekotana. Pod ścianą stała kanapa z dużymi dziurami w tapicerce. Zastanawiałem się, czy na niej nie usiąść, uznałem jednak, że może się pode mną rozpaść.

Obok kanapy stał stół bez dwóch nóg.

Naprzeciwko znajdowało się duże półokrągłe biurko z wyszczerbionymi brzegami. Z krzesła zostały już tylko fragmenty.

– Co to za miejsce? – zapytała Abigail, a jej głos odbił się echem od ścian.

Zajrzałem za biurko, nie znalazłem jednak nic ciekawego. Jedynie kurz i brud.

– Gdybym miał zgadywać, rzekłbym, że to była recepcja.

– Recepcja? – zdziwiła się. – Jak na przykład u lekarza?

Wzruszyłem ramionami.

– Kto wie? Mogło to być cokolwiek.

Przez chwilę się zastanawiała.

– Jeśli to było lobby, w takim razie… – Odwróciła się w stronę, z której przyszliśmy, i wskazała na korytarz. – To musi być wejście.

– Całe to miejsce śmierdzi mi rządową biurokracją – mruknąłem.

Abby kiwnęła głową i wskazała na zamknięte drzwi za biurkiem.

– Chodźmy.

Wsadziłem pad pod kurtkę i położyłem dłonie na drzwiach.

– Powiedz, kiedy będziesz gotowa.

Zrobiła to samo, zapierając się o ziemię.

– Okej – mruknęła i zrobiła szybki wdech. – Ciągnij!

3

Nie było to wcale takie proste. Męczyliśmy się z drzwiami przez niemal dwadzieścia minut, wcale nie mając pewności, że ustąpią. W końcu się udało – metal powoli się przesunął, wypełniając pomieszczenie głośnym piskiem.

– Jeśli ktoś tu jest, przypuszczalnie to usłyszał – stwierdziłem, wchodząc do kolejnego korytarza.

– Naprawdę myślisz, że ludzie nadal tu mieszkają? – zapytała Abigail.

– Licho wie. Ale wcale bym się nie zdziwił. Ludzie są w stanie przeżyć dosłownie wszędzie. Jesteśmy jak szczury.

– Szczury nie są w stanie przetrwać wszystkiego – zaoponowała Abigail.

Przewróciłem oczami.

– Niech ci będzie. Robaki. Cokolwiek. Słyszałaś o Tolsados?

– Nie – odparła, idąc za mną.

Dotarliśmy do belki nośnej leżącej w poprzek przejścia.

Ostrożnie nad nią przeszedłem, pilnując, aby nie przeciąć odzieży i nie uszkodzić wkładek grzewczych.

– To była kolonia w Martwoziemiach, jakieś sto lat temu. Na zdjęciach planeta prezentowała się całkiem ładnie, ale to było przed bombardowaniem.

– Spadła na nią bomba? – zapytała Abby, także przechodząc ponad belką.

Czekałem po drugiej stronie z wyciągniętą ręką. Ujęła ją, korzystając z mojej pomocy.

– No, tyle że nie jedna, a kilkanaście. Paskudne cholerstwa. Zmiotły z powierzchni planety trzysta tysięcy ludzi.

– Straszne.

– Taka jest wojna. – Pokręciłem głową. – Jakiś czas później zapuściła się tam grupa złomiarzy. Jeden z nich natknął się na bunkier z ocalałymi. Okazało się, że ci ludzie siedzieli w nim dziewięć lat, bojąc się wyjść na zewnątrz.

– Z powodu promieniowania?

Pokręciłem głową.

– Użyto czystych bomb niejonizowanych, więc odpadał problem długotrwałego promieniowania. Trzymał ich tam strach. Ci ludzie sądzili, że znowu zostaną zbombardowani, dlatego postanowili nie opuszczać bunkra. Mieli generatory, bioogród, racje żywnościowe, bieżącą wodę. Byli przygotowani na taki scenariusz. W czasie kiedy znaleźli ich złomiarze, zdążyli się już zacząć rozmnażać. Ba, mieli nawet własny minirząd.

– Szaleństwo – orzekła Abby.

– Nie zaprzeczę. Twierdzę jedynie, że nie można nie doceniać ludzi. Nawet kiedy świat obróci się w totalny syf, znajdziemy sposób na przetrwanie. Tacy jesteśmy uparci.

Dotarliśmy do kolejnego pomieszczenia – tutaj sufit był wyżej, a ściany pokrywały bardziej złożone grawery. Ujrzałem także wiele stacji roboczych, co sugerowało, że znajdujemy się bliżej serca tego miejsca. Podszedłem do jednego z komputerów i zacząłem wyciskać różne przyciski w nadziei, że coś się wydarzy. Zero reakcji. Zasilania nie było tu z pewnością od dawna, dlatego uruchomienie któregoś z tych sprzętów byłoby niemal niemożliwe.

W prawej części pomieszczenia mieściły się kolejne drzwi, a raczej sam otwór. Po chwili znalazło się i skrzydło – leżało na ziemi kawałek dalej. Metal był zgięty i popękany.

– Hmm – mruknąłem, kucając przy drzwiach. – Myślisz, że jak do tego doszło?

– Trzęsienie ziemi? – zapytała Abigail. – To miejsce wygląda tak, jakby ledwo trzymało się kupy.

Wstałem, nie odrywając wzroku od drzwi leżących na ziemi. Abby miała rację. Ten cały ciąg jaskiń wyglądał, jakby się miał zawalić, to jednak nie tłumaczyło stanu drzwi. Odniosłem wrażenie, że ktoś je wyważył. Może został tu uwięziony?

– Zobacz. – Abigail podeszła do jednej ze ścian z potrzaskaną szybą. – Okno zostało wybite. Poświeć tam.

– Gdzie? – zapytałem.

Zbliżyłem się do otworu w ścianie, zwiększając natężenie światła. Obszar wokół mnie jeszcze bardziej się rozjaśnił. Na wyświetlaczu wybrałem opcję zawężenia snopu światła, dzięki czemu mogłem je skupić na tym, co znajduje się dalej.

Wycelowałem w okno, co pozwoliło nam dojrzeć większe pomieszczenie znajdujące się niżej. Na ziemi stały pojemniki w różnych kształtach i rozmiarach, co sugerowało, że to jakiś magazyn. Może znajdowało się tam jednak coś cennego.

– Chcesz to sprawdzić? – Spojrzałem na Abigail. Ku mojemu

zaskoczeniu zobaczyłem, że zdążyła już wyjść przed drzwi
i z platformy obserwowała magazyn. – Rozumiem, że tak.

Raz jeszcze omiotłem pomieszczenie snopem światła. Wszędzie unosiła się woń śmierci i mimo braku ciał wiedziałem, że coś
się tu wydarzyło. Coś okropnego.

– Idziesz? – zapytała Abby.

Zdążyła już przywiązać linę do platformy, drugi jej koniec
zaś przymocowywała sobie w pasie, gotowa zejść po drabinie
znajdującej się obok.

– Ty pierwsza – odparłem.

Patrzyłem, jak opuszcza się na niższy poziom. Byłem tuż
za nią i ostrożnie schodziłem po rozklekotanej drabinie. Każdy
kolejny krok wydawał się mniej bezpieczny, ale na szczęście udało
mi się zejść na sam dół.

Abigail zrobiła kilka kroków w głąb magazynu, omiatając własnym światłem różne skrzynki.

Podszedłem do jednej z nich i obmacałem górę w poszukiwaniu pokrywy. Wsunąłem palce w zagłębienie i udało mi się unieść
pokrywę na tyle, aby ją odepchnąć i zajrzeć do środka.

– Hej, jesteś pewny, że powinieneś to robić? – zapytała
mniszka.

– A niby jak inaczej mamy cokolwiek zbadać? – Skierowałem
snop światła do wnętrza skrzyni.

Znajdował się w niej stos starannie złożonych ubrań. Zaskoczył mnie ich dobry stan, choć być może była to zasługa skrzyni.
Została zbudowana z myślą o wieloletnim przechowywaniu? Słyszałem, że pewne pojemniki, o ile tylko nie zostaną otworzone,
potrafią zachować materiały czyste i świeże przez wiele dziesiątek
lat, aczkolwiek nie przychodził mi do głowy powód, dla którego
coś takiego mogło się okazać potrzebne.

Z drugiej jednak strony Athena wspominała, że Eternalsi żyli znacznie dłużej od pozostałych ludzi. Może to wszystko było dla nich.

Abigail otworzyła drugą skrzynię i zajrzała do środka.

– Ubrania – rzekła, wyjmując z niej jakiś strój, niebieski i przypominający kombinezon.

Rzuciła mi go, a ja od razu dostrzegłem naszywkę na rękawie – ciąg liter identyczny do tych znalezionych na Tytanie.

Za pomocą pada sfotografowałem naszywkę. Możliwe, że kiedy wrócimy na statek, Sigmondowi uda się to przetłumaczyć.

Pozwalając Abigail kontynuować to, czym się zajmowała, sam sprawdziłem mapę i zobaczyłem, że do źródła przekazu został nam jeszcze spory kawałek. Mapa zdążyła się także wypełnić obszarem, który już zbadaliśmy. Dopóki nie wyłączę urządzenia, będzie ono dalej skanować, dokumentując nasz progres.

– Jace, spójrz na to!

Podniosłem wzrok i zobaczyłem, że Abby kuca, oglądając stertę gruzu.

– Co to jest? – zapytałem.

Przesuwałem snop światła po ziemi, aż dotarło do ściany. Okazało się, że widnieje w niej otwór wielkości dwóch standardowych drzwi. U naszych stóp leżały odłamki skalne i gruz.

– To miejsce jest w rozsypce – orzekła Abigail i wstała. Zerknęła na dziurę w ścianie. – Wygląda na to, że ciągnie się jeszcze spory kawałek.

Wydłużyłem snop światła i wycelowałem w głąb tunelu. Miała rację. Nie widziałem nawet końca.

– Musimy zejść niżej – powiedziałem. – Są tu jakieś inne drzwi? Może schody?

– Ja nic nie widzę – odparła.

Raz jeszcze zerknąłem na pad. Źródło przekazu znajdowało się przed nami, wiele metrów pod naszą aktualną lokalizacją. Ten tunel przypuszczalnie zaprowadzi nas na miejsce, no ale jak to było możliwe? Na pewno nie utworzono go celowo.

– Powinniśmy to sprawdzić? – zapytała Abigail.

Zawahałem się. Rozejrzałem się po magazynie w nadziei na znalezienie innej drogi. Może ona coś przeoczyła. Może jednak gdzieś znajdowały się schody.

Niestety nie. Ten wielki otwór był jedyną ścieżką, jaką mogliśmy obrać.

Podszedłem do niego.

– No to schodzimy – rzekłem w końcu, patrząc na Abigail.

Kiwnęła głową.

– Ty pierwszy.

4

Podłoga jaskini okazała się bardziej kamienista, niż się spodziewałem, i kilka razy straciłem równowagę. Im głębiej się zapuszczaliśmy, tym powietrze stawało się coraz zimniejsze, co zmuszało mnie do zwiększenia poziomu ogrzewania w stroju.

Wydawało mi się, że czuję także jakąś woń, aczkolwiek na początku nie miałem cod o tego pewności. Sądziłem, że to tylko moja wyobraźnia, z czasem jednak zapach przybierał na sile. A raczej smród, nie zapach, przypominający woń wydzielaną przez śmieci, które zapomniało się wynieść przed długim wyjazdem.

Nie potrafiłem jednak namierzyć jego źródła. Może gdzieś niedaleko leżało truchło jakiegoś zwierzęcia, ukryte w lodowych ścianach tej jaskini. Kto mógł to wiedzieć?

Tunel okazał się długi i kręty i ciągnął się dłużej, niż wcześniej sądziłem, i zabierał nas coraz niżej pod ziemię. Szliśmy powoli przez pół godziny, nim natrafiliśmy na coś poza poszarpanymi skałami i lodem. A kiedy tak się stało, musiałem się zatrzymać i to zbadać.

To była skrzynia, tego typu jak te, które znaleźliśmy w magazynie. Wieko było oderwane i do połowy wbite w ziemię, w środku zaś było pusto. Metalową powierzchnię znaczyły ślady – może zadrapania – którym oboje przyglądaliśmy się przez dłuższą chwilę.

– Jace – mruknęła Abigail.

– Wiem – odszepnąłem. – Tam jest coś jeszcze.

– To musi być jakieś zwierzę. Co robimy?

Wyjąłem broń i sprawdziłem magazynek.

– Sprawdzamy, co to takiego.

Kiwnęła głową i wyjęła z kabury pistolet.

Nie mówiąc nic więcej, ruszyliśmy tunelem w stronę tego, co na nas czekało.

Smród zrobił się tak silny, że musiałem zasłonić rękawem nos.

W końcu korytarz otworzył się na sporą jaskinię. Zniknęły skały, a zastąpiły je bardziej miękkie podłoże i świeży lód.

Abigail dostrzegła stertę śmieci – tworzyły ją metalowe druty i pręty, strzępy ubrań i… coś jeszcze.

Przykucnąłem obok sterty, aby lepiej się jej przyjrzeć. W świetle emitowanym przez pad lufą karabinu przesuwałem poszczególne śmieci. Dopiero po chwili dotarło do mnie, co to takiego – kredowobiałe paliki ze żłobieniami. Kości. Pytanie: do kogo albo do czego należały?

Pokazałem je Abigail, która nawet się nie wzdrygnęła ani nie odwróciła wzroku. Przyglądała im się uważnie, a po dłuższej chwili powiedziała rzeczowo:

– A więc wiemy, że to mięsożerca.

Musiałem przyznać, że nie spodziewałem się tego.

– Myślisz, że to ludzkie szczątki?

– A niby czemu? – zapytała. – Nie ma takiej opcji, aby ktoś tu nadal mieszkał.

Wskazałem na stertę.

– To może pochodzić z jakiegoś grobu.

Zawahała się.

– W sumie nie natknęliśmy się do tej pory na żaden szkielet.

Miała rację. Jak na razie wszystko, co widzieliśmy, okazywało się puste.

– A nawet jeśli – kontynuowała – przynajmniej byli już martwi. Jeśli te zwierzęta czają się na zwłoki, to może są po prostu padlinożercami. Nasza obecność pewnie już je wystraszyła.

– Jasne – burknąłem, wpatrując się w leżące u mych stóp kości.

– No co? Nie zgadzasz się?

Chciałem, bardziej, niż to sobie wyobrażała.

– Nie wiem. – Odwróciłem się i omiotłem światłem pozostałą część jaskini. Kilka metrów od nas dostrzegłem kolejne sterty. Podszedłem do jednej z nich i się nachyliłem. No i proszę, także kości. – Stworzenie, które to zrobiło, nie było małe. Sama widziałaś te ślady pazurów na skrzyni… Były wielkie. To samo się tyczy drzwi, które znaleźliśmy w magazynie. Tego rodzaju ślady świadczą o tym, że w tych pazurach kryło się dużo siły.

– Mówisz tak, jakbyś chciał stąd wyjść – stwierdziła.

Zawahałem się. Do tej pory nie brałem pod uwagę takiego rozwiązania. W moim głosie słychać było strach?

– Nie, tak łatwo się nie poddamy. Jesteśmy uzbrojeni, więc nic nam nie grozi. – Wskazałem na trzymany przez nią pistolet. – Ty osłaniaj mnie, a ja ciebie.

Kiwnęła głową.

– Jasna sprawa.

Jeszcze raz zerknąłem na leżącą przede mną stertę. Coś nie dawało mi spokoju. Zwierzęta generalnie nie układały niczego w tak metodyczny sposób. Sterty niczemu nie służyły, chyba że czegoś nie dostrzegałem. Nie wyglądały jak gniazdo czy coś, co to stworzenie mogłoby później wykorzystać. Już prędzej jak małe oznaczenia.

Im dłużej się nad tym zastanawiałem, tym więcej miałem pytań. Czy te sterty były grobami upamiętniającymi zmarłych? A może tylko oznaczały kolejną ofiarę?

Tak czy inaczej, to znaczyło, że przebywało tutaj coś inteligentnego, co lubiło się otaczać śmiercią.

W kolejnych tunelach prowadzących nas w stronę źródła sygnału znaleźliśmy kolejne sterty. Po jakimś czasie przestałem zwracać na nie uwagę.

Część mnie zastanawiała się, czy te zwierzęta przeniosły się w jakieś inne miejsce, czy też po prostu wymarły. Przypuszczalnie nie, skoro smród był tak intensywny, że praktycznie nie odrywałem ręki od nosa.

Jeden z tuneli zaprowadził nas do kolejnej jaskini podobnej do tej pierwszej, która z kolei wiodła na niższy poziom. Gdy przeszliśmy przez otwór w ścianie, szybko się przekonałem, jak bardzo to miejsce różni się od pierwszego.

Oświetlały je jarzące się źródła światła wskazujące na jakieś zasilanie. Moje światło omiotło sporą liczbę konsoli i zakurzonych systemów komputerowych, mrugających wszystkimi kolorami tęczy. Zdusiłem w sobie chęć podbiegnięcia do nich i zamiast tego mocniej zacisnąłem dłoń na karabinie.

- Źródło zasilania musi być nadal częściowo aktywne – odezwała się Abigail. – Wiesz, co to oznacza?

- Chyba mi właśnie powiedziałaś – mruknąłem.

- Może coś jest do odratowania i wykorzystania do naprawy silnika – zasugerowała.

Szczerze w to wątpiłem. Projektowano coraz nowocześniejsze statki, a to miejsce było stare jak diabli. Szansa na znalezienie czegokolwiek kompatybilnego z napędem ślizgowym Zbuntowanej Gwiazdy była zerowa lub bliska zeru.

Ale skoro w tym miejscu było zasilanie, mogło to oznaczać funkcjonujący system z rejestrami danych. Być może udałoby nam się dowiedzieć, co się stało z tymi ludźmi i dokąd się udali. No i dysponowaliśmy kilkoma setkami skrzyń z doskonale zakonserwowaną zawartością.

Przywołałem do siebie Abigail i wskazałem na jeden z terminali.

- Dasz to radę rozgryźć?

- Żadna ze mnie Dressler, ale spróbuję – odparła i podeszła do konsoli.

- No tak, powinienem był zabrać ją, a nie ciebie – zażartowałem.

Uniosła brew, nie spojrzała jednak na mnie.

- Zobaczmy, co tu mamy.

Obserwowałem, jak stuka w konsolę, a następnie okrążyłem jaskinię. Na końcu znajdowało się wyjście na kolejny korytarz – drzwi były otwarte, ale nie zepsute. Jeśli pojawiło się tutaj jedno z tych zwierząt, nie wyrządziło większych szkód, no i z tego, co widziałem, na ziemi nie leżały kopczyki kości. Kto wie, co czekało nas dalej. Musieliśmy być przygotowani na dosłownie wszystko.

– Słabo to widzę – odezwała się w końcu Abigail i odwróciła w moją stronę. – Komputer reaguje, lecz używa jakiegoś nieznanego języka. Potrzebny nam translator.

Stuknąłem w ucho.

– Siggy, słyszysz mnie? – zapytałem i zaczekałem na reakcję. Cisza. – Siggy? Tu Jace. Jesteś tam?

– Pewnie zeszliśmy za głęboko pod ziemię – zasugerowała mniszka.

Opuściłem rękę i westchnąłem.

– Skoro nie jestem w stanie połączyć się z Siggym, będzie ciężko. Może trzeba zabrać ze sobą system wzmacniający sygnał.

Uśmiechnęła się drwiąco.

– Uważaj, Jace. Brzmi to niemal tak, jakbyś wiedział, co robisz.

Rozległo się nagłe walnięcie, jakby metal uderzył w metal. Dochodziło z jaskini, z której przyszliśmy.

Oboje odruchowo sięgnęliśmy po broń i wycelowaliśmy w znajdujący się na końcu pomieszczenia otwór.

Czekaliśmy, oddychając szybko, a w naszych żyłach krążyła adrenalina.

Odgłosy dobiegające z jaskini stawały się coraz głośniejsze.

Zacisnąłem dłoń na rękojeści karabinu i zrobiłem powolny wydech, który zamienił się w zimnym powietrzu w obłoczek pary.

I wtedy to zobaczyłem.

Ogromne stworzenie, które choć się pochylało, było niemal równie wysokie jak jaskinia. Całe było porośnięte gęstym białym futrem, tak że nie widać było mu nawet oczu.

Zwierzę uniosło łapy i uchwyciło się krawędzi otworu drzwiowego. Gdy tak się stało, dojrzałem w końcu kształt dłoni – każda składała się z trzech wielkich szponów. Przypuszczałem, że do przebicia mnie na wylot wystarczyłoby jedno.

Stworzenie znieruchomiało i przez chwilę zaglądało do pomieszczenia. Przechyliło głowę, chyba nas jednak nie widziało. Zastanawiałem się, czy dostrzega światło emitowane przez mój pad i konsolę.

Zdawało się nie zwracać na nie uwagi. Zamiast tego nie wpatrywało się w nic konkretnego, dziwnie nieruchome i ciche.

Światło z pada oświetlało mu twarz, nadal nie widziałem jednak jego oczu. Na co patrzyło? Co widziało?

Zwierzę powąchało powietrze, a następnie weszło do pomieszczenia.

Abigail przełknęła ślinę i w panującej tutaj ciszy dźwięk ten okazał się głośniejszy, niż powinien.

„Kurwa", pomyślałem.

Bestia uniosła głowę i zastrzygła uszami.

Obejrzałem się przez ramię na korytarz za nami. Moglibyśmy szybko się tam dostać i zablokować to zwierzę tutaj. Stałoby się łatwym celem, o ile tylko zachowywalibyśmy odpowiedni dystans. Lepiej niż w pomieszczeniu tak dużym jak to.

Poczułem na sobie spojrzenie Abigail. Przeskoczyłem wzrokiem na drzwi, przedstawiając jej plan. Załapała go i lekko kiwnęła głową. Okej, czyli się zgadzaliśmy.

Stworzenie zrobiło kolejny krok w naszą stronę, nadal strzygąc uszami. Zaczynałem rozumieć, jak to działa. Znajdowaliśmy się zaledwie kilka metrów od niego i gotowy byłem się założyć, że nas nie widzi. A na pewno nie tak dobrze, jak my je.

Ale nie byłem przecież zoologiem i nie miałem czasu, aby siedzieć i analizować, co to, u licha, jest za zwierzę. Wiedziałem jedynie, że muszę stąd czmychnąć, oddać strzał i ukatrupić tę bestię.

Abigail wpatrywała się we mnie. Wstrzymując oddech, czekała.

Wróciłem spojrzeniem do potwora, by się upewnić, że pozostaje w bezruchu, po czym znowu zerknąłem na Abby. Kiwnąłem szybko głową, dając jej w ten sposób sygnał do działania, a sam zgarnąłem z blatu swój pad.

W chwili kiedy się poruszyliśmy, usłyszałem, jak potwór coś burczy. Zarzęził niczym zepsuty silnik, a następnie wydał z siebie warczący skowyt. Z wściekłością uderzył obiema łapami w ziemię i ruszył w naszą stronę. Każdemu jego kroku towarzyszyły dudniące odgłosy, odbijające się echem od ścian.

Wbiegliśmy do korytarza. Odwróciłem się i wycelowałem karabin w otwór w ścianie. Abigail zrobiła to samo i w chwili kiedy pokryte białym futrem stworzeniem pojawiło się w zasięgu naszego wzroku, odbezpieczyliśmy broń.

Korytarz był wąski i choć zwierzę próbowało się w niego wcisnąć, na razie nie dawało rady. Otwór drzwiowy zatrzeszczał pod coraz większym naciskiem. Nie wytrzyma zbyt długo.

Nie przestawałem strzelać. Stworzenie zdawało się wchłaniać pociski, pełne gniewu i wściekłości. Zrobiłem krok w tył.

Zwierzę zaryczało i naparło całym swoim cielskiem na otwór.

– Dosyć tego! – warknęła Abigail.

Podbiegła do niego, blisko, ale tak, by znajdować się poza zasięgiem pazurów.

Jednym płynnym ruchem wycelowała w pysk zwierzęcia. Stworzenie kłapnęło paszczą, Abby jednak okazała się szybsza i oddała strzał.

Nastąpił rozbryzg mózgu i zielonej krwi. Ziemia zadrżała, kiedy zwierzę się przewróciło.

Przez chwilę przyglądaliśmy mu się bez słowa. Zachowywaliśmy ostrożność, bo przecież to zwierzę przyjęło cały magazynek, a mimo to udało mu się częściowo wcisnąć do korytarza.

– Chyba się udało – mruknęła w końcu Abigail.

Zrobiłem kilka kroków w stronę potwora, nadal w niego celując, gotowy wystrzelić, gdyby się okazało, że jakimś cudem przeżył strzał prosto w głowę. Choć należało to do rzadkości, nie byłby to pierwszy raz, kiedy mózg zwierzęcia mieści się w miejscu innym niż łeb.

Lufą szturchnąłem głowę i po raz pierwszy udało mi się zobaczyć oczy... a raczej ich brak. Między białym futrem, tam, gdzie powinny się znajdować oczy, widniały jedynie czarne miejsca.

– Chyba się udało – powiedziałem.

– Myślisz, że to właśnie te stworzenia zabiły kolonistów? – zapytała Abigail.

– Możliwe – odparłem, przyglądając się zawalonej ścianie w miejscu, gdzie wcześniej znajdowało się przejście. Jak my się stąd wydostaniemy?

Zrobiłem krok nad wielką łapą i poczułem pod butem gruzy. Ostrożnie się wycofałem, żeby przypadkiem nie dopuścić do zawalenia się reszty sufitu.

Zerknąłem na pad przytwierdzony do nadgarstka Abby, dający wystarczająco światła, aby widzieć wnętrze korytarza.

– Możesz tym robić zdjęcia? – zapytałem.

– Słucham? Po co?

– Sygnał jest tu beznadziejny, ale jeśli uda nam się dostać kilka poziomów wyżej, może damy radę wysłać wiadomość do Siggy'ego – wyjaśniłem, podchodząc do niej. – Przypuszczalnie nie byłoby to bezpośrednie połączenie, ale zdjęcia powinno dać się wysłać.

– Okej. Ale co mam sfotografować?

Spojrzałem na martwego potwora leżącego u mych stóp.

– A jak myślisz?

– No tak – burknęła. – Uruchomię odpowiednią aplikację.

Zrobiłem krok w tył i spróbowałem zajrzeć do kolejnego pomieszczenia. Wyglądało podobnie do poprzedniego – znajdowały się w nim konsole i urządzenia, z których wiele mrugało kolorowymi światełkami. Nadal nie mogłem uwierzyć, że jest tu zasilanie.

Abigail podeszła do zwierzęcia i zaczęła robić zdjęcia.

– Tylko pamiętaj o twarzy – odezwałem się.

Sfotografowała ją pod kilkoma kątami. Będziemy musieli dołączyć do tych obrazów jakąś wiadomość. Coś w stylu: „Drodzy idioci, natrafiliśmy na groźne zwierzęta. Nie opuszczajcie statku".

Abigail otarła pot z czoła i cofnęła się do mnie.

– Chyba wystarczy – powiedziała i opuściła rękę. Przełknęła ślinę, po czym wyjęła nieduży pojemnik z wodą i się napiła. – Co teraz? Dokąd idziemy?

Wpatrywałem się w rozciągającą się przed nami ciemność.

– Głębiej – mruknąłem, a następnie przeszedłem z korytarza do kolejnego pomieszczenia. – Po prostu wchodzimy głębiej.

5

Początkowo nie zdawałem sobie z tego sprawy, lecz nadal kierowaliśmy się ku źródłu przekazu. O ile nie odkryjemy wkrótce wyjścia z tych tuneli, zrealizujemy swoją misję poprzez samo podążanie ciągnącą się przed nami ścieżką.

Mnie to odpowiadało. Nie dotarliśmy aż tutaj po to, by zostać z niczym. Oczywiście na obecnym etapie bardziej przejmowałem się ucieczką z tych zapomnianych przez Boga i ludzi katakumb niż dowiedzeniem się tego, jaka czarna skrzynka wysyłała tamten sygnał.

W najlepszym ze scenariuszy dotrę do wiodących na powierzchnię schodów, wyjdę na górę, aby zaczerpnąć świeżego powietrza, a potem wrócę z większą i potężniejszą bronią.

Wiedziałem jednak, że to mało prawdopodobne. Cokolwiek nas czekało, będziemy musieli poradzić sobie przy użyciu tego, czym dysponujemy w tej chwili, i liczyć, że nam się uda.

Co dziwne, niedługo później Abigail rzeczywiście wypatrzyła

schody, tyle że prowadzące w dół. Na ich widok mało nie wybuchnąłem śmiechem. Cóż za ironia losu.

Po chwili przeszliśmy z jednego korytarza do kolejnego, a tam odkryliśmy niewielkie pomieszczenie z mnóstwem urządzeń. Właściwie to kapsuł.

Wiele z nich wydawało się aktywne, oczywiście o ile świadczyła o tym obecność migających świateł. Gdy do nich podszedłem, nabrałem co do tego jeszcze większej pewności, jako że kryjące się w środku łóżka wyglądały niemal identycznie jak te na Tytanie.

– Poznajesz? – zapytała Abigail, która najwyraźniej dostrzegła zaskoczenie malujące się na mojej twarzy.

– No – przytaknąłem. Zajrzałem do środka, po czym dotknąłem jednej z kapsuł. – Widziałem już coś takiego… na Księżycu.

– Na Tytanie? Nie wyglądają jak te ze skrzydła medycznego. Jesteś pewny?

Kiwnąłem głową.

– Znajdowały się także na innym pokładzie. Niemedyczne.

– Jaki był ich cel? – zainteresowała się.

– Długotrwała hipostaza, a przynajmniej tak mi się wydaje – odparłem. – Athena mi powiedziała, że to tam przyszła na świat Lex.

Abigail znieruchomiała.

– Co takiego?

Odwróciłem się i spojrzałem na nią.

– Zamierzałem ci o tym powiedzieć. Okazuje się, że Lex urodziła się na Tytanie mniej więcej dwa tysiące lat temu. Jej rodzice zginęli w jakimś ataku terrorystycznym, a potem naukowcy umieścili ją w kriokapsule, podobnej do tych tutaj. Kiedy opuszczano statek, nikt jej nie obudził.

– I coś takiego zachowałeś dla siebie? – W jej głosie pobrzmiewało zdumienie.

– Byłem trochę zajęty.

– A tak w ogóle to kiedy się o tym dowiedziałeś? – fuknęła. – Przed tą ostatnią bitwą z Brighamem?

Milczałem.

– Wtedy, prawda? – warknęła Abigail.

Wzruszyłem ramionami.

– Już nie pamiętam.

Wydała z siebie jęk frustracji.

– Bogowie, trzymajcie mnie. Coś jeszcze? Jakieś rewelacje, którymi zapomniałeś się podzielić?

Przez chwilę się zastanawiałem.

– Skoro już o tym mowa, Athena wspomniała mi także, że ci ludzie, którzy opuścili Ziemię, byli po prostu robotnikami, którzy się zbuntowali przeciwko jakimś bogatym nieśmiertelnym.

– Chwila… co takiego?

Kiedy już opowiedziałem o wszystkim, co pamiętałem, Abigail długo milczała, co było bardzo jak na nią nietypowe. Uznałem, że potrzebuje po prostu czasu na przetrawienie tego, czego się dowiedziała. Bądź co bądź nie codziennie człowiek poznaje prawdziwą historię swoich przodków. W swoją opowieść wplotłem słowa „Wieczni" i „Przelotni". Choć nie dysponowałem w tej kwestii równie szczegółową wiedzą, jak Athena, chyba całkiem dobrze poradziłem sobie z wyjaśnieniem tych terminów.

– Dziękuję, że mi o tym powiedziałeś, Jace – odezwała się w końcu Abigail. Ton głosu miała łagodny, jakby opuściła ją cała dotychczasowa frustracja. – Będę musiała porozmawiać o tym wszystkim z doktorem Hitchensem.

– Zamierzałem to zrobić.

Jedynie kiwnęła głową. Gdy szliśmy, wzrok miała wbity w ziemię.

Uświadomiłem sobie, jak przełomowe były to dla niej informacje. Dla mnie także. Skoro potrzebowała czasu, aby wszystko przemyśleć, zamierzałem jej go zapewnić.

Szliśmy i szliśmy. Znajdowaliśmy się coraz bliżej. Według mojego pada zostało nam nie więcej niż dwadzieścia metrów.

Abigail nadal milczała.

Zdecydowałem, że starczy już tych rozmyślań. Potrzebna mi była partnerka gotowa na wszystko, co może nas czekać.

– Abigail – szepnąłem i zatrzymałem się, aby sprawdzić magazynek. Zacisnąłem dłoń na rękojeści i wycelowałem w znajdujące się przed nami otwarte drzwi. – Jesteś gotowa?

Spojrzała na mnie. Czekałem, aż dotrze do niej sens moich słów.

Chwilę później zamrugała. Wyjęła z kabury pistolet i go odbezpieczyła. Wróciła. Koniec myślenia. Koniec wewnętrznych debat. To właśnie przez coś takiego się ginęło.

– Zabezpieczaj mnie – rzekłem, gdy zaczęliśmy iść.

Światło przy moim karabinie omiotło otwór w ścianie. Za nim znalazłem pomieszczenie skute lotem i z mnóstwem stalagmitów. Wzdłuż ścian stały systemy komputerowe, z których część pozostawała uruchomiona. Jeden się wyróżniał wielkością. Miał popękany ekran.

Zbliżyłem się do niego, próbując zobaczyć coś więcej.

Wyjąłem pad, aby się upewnić, że to właściwe miejsce.

– To tutaj? – zapytała Abigail.

– Na to wygląda – mruknąłem.

Schowałem pad, po czym starłem nieco lodu z urządzenia stojącego obok. Trudno było odczytać cokolwiek z niemal zamarzniętego ekranu.

Uświadomiłem sobie, że bez względu na to, co znalazłem, niemal na pewno jest to napisane w jakimś obcym języku.

Podeszła do mnie Abigail.

– Pokaż. – Stuknęła w ekran, przez co obraz uległ zmianie. – Hej, spójrz na to.

– Uważaj – rzuciłem ostrzegawczo. – Nie wiesz, co robisz.

Pojawiło się kilka linijek tekstu, każda w innym kolorze. To musiało być menu, interfejs dla użytkowników, podobny do tych, jakie się znajdowały na moim statku.

Abigail stuknęła w jakiś przypadkowy fragment menu, przywołując kolejny ekran. Ekran przez chwilę migotał, po czym cofnął się do menu.

– Coś się zepsuło – stwierdziłem.

– Po tak długim przebywaniu w… – rozejrzała się po jaskini – … w takich warunkach, dziwię się, że w ogóle działa.

Stuknęła w ekran, tym razem wypróbowując inną opcję z menu. I sytuacja sprzed chwili się powtórzyła.

Mniszka cicho zaklęła.

– Zaczekaj. Spróbuję jeszcze raz.

Obserwowałem, jak wybiera kolejne opcje, za każdym razem uzyskując taki sam wynik. Rozpracowanie tego mogłoby jej zająć kilka dni, a nawet wtedy nie bylibyśmy w stanie odczytać tekstu.

– Wyluzuj – rzekłem do Abby i położyłem jej rękę na ramieniu. – Wyjdźmy stąd i sprawdźmy, czy uda się z tymi wzmacniaczami. Pewnie lepiej, aby zajęli się tym Dressler i Siggy. To nie jest nasza działka. Co ty…

Nagle rozległ się głuchy odgłos i ziemia pod moimi stopami

zadrżała. Poczułem w nogach wibracje. Odwróciłem się, mierząc z broni.

Abigail także uniosła swój pistolet, celując w jedno z innych wyjść. Do tego pomieszczenia prowadziły trzy otwory, po jednym na każdej ścianie, z wyjątkiem tej z terminalem. Atak mógł nadejść z każdej z tych stron.

Czekałem, wytężając słuch. Niemal czułem, jak serce dudni mi w piersi, a każdy mój oddech odbijał się echem od ścian, głośniejszy, niż mogłem się spodziewać.

W tym momencie usłyszałem kolejne łupnięcie, o wiele głośniejsze od pierwszego.

Wyczułem, skąd dochodzi – z wejścia na wprost, po prawej stronie komputera. Abby także się odwróciła w tę stronę. Oboje się cofnęliśmy, tak by mieć dużo czasu na oddanie strzałów.

ŁUP.

ŁUP.

Dudnienie stawało się szybsze i głośniejsze. To były kroki, powolne i ciężkie. Kolejny potwór.

ŁUP.

ŁUP.

ŁUP.

Światło z mojej broni rozjaśniało lód i znikało w ciemnościach panujących za wyjściem. W zamarzniętym korytarzu wypatrzyłem odbicie, lśniące niczym trawa poruszana wiatrem.

Potwór zrobił kolejny krok i ujrzałem długie białe futro. Wpatrywały się we mnie ślepo czarne punkty, w których powinny znajdować się oczy. Uszy były postawione, tak samo jak poprzednim razem.

To zwierzę okazało się mniejsze i szczuplejsze. Pewnie nie był to jeszcze dorosły osobnik. Może zabiliśmy jego rodzica, a może był to po prostu najsłabszy członek stada.

Tak czy inaczej, zaraz się zrobi nieprzyjemnie.

ŁUP.

Otworzyłem szeroko oczy. Potwór stał w kompletnym bezruchu. Skąd dochodził ten dźwięk?

ŁUP.

ŁUP.

Powoli odwróciłem się w prawo, w stronę nowego odgłosu. Dochodził z kolejnego korytarza, nie tego, w którym stało pierwsze stworzenie.

ŁUP.

ŁUP.

ŁUP.

Przez ścianę z drugim otworem przebiegł cień.

Lewą rękę powoli szturchnąłem Abigail i wskazałem głową na trzecie wejście, to za nami.

Zrozumiała, co chcę jej przekazać. Ujęła moją dłoń i lekko ją ścisnęła.

„To dobrze", pomyślałem. „Rozumie. Okej".

ŁUP.

Kolejny krok i w końcu zobaczyłem szpony, powoli wyłaniające się z tunelu.

ŁUP.

W ślad za szponami pojawiła się pozostała część bestii. Znieruchomiała w progu.

Pierwsze zwierzę zwróciło głowę w stronę drugiego, a następnie z jego gardła wydobyło się głośne szczeknięcie.

Drugie przechyliło głowę, zastrzygło uszami, po czym odpowiedziało w podobny sposób.

Pierwsze wyprostowało się, uderzyło się pięściami w klatkę piersiową i znowu zaszczekało.

To była ta chwila. Musieliśmy działać. Walczyć albo uciekać. Biec albo ginąć.

– Ruchy! – warknąłem, po czym rzuciłem się w tył i zacząłem strzelać.

Dwa potwory wydały głośne okrzyki. To połączenie wystrzałów i krzyków zaatakowało moje uszy z taką intensywnością, że myślałem, że zaraz ogłuchnę.

Biegłem tyłem, mało nie potykając się na lodzie. Dwie bestie rzuciły się w moją stronę, a ich długie łapy tak bardzo się zbliżyły, że mało mi nie rozorały brzucha.

Wbiegłem do tunelu, strzelając za siebie na oślep i nie przejmując się, w co trafiam. Abigail znajdowała się już na końcu korytarza. Odwróciła się w moją stronę, wyciągając przed siebie rękę z bronią.

– Na ziemię! – wrzasnęła.

Wślizgnąłem się za nią i obróciłem na lodzie w stronę zwierząt. Abigail strzelała, trafiając w obydwa stworzenia.

Leżąc na plecach, wsunąłem sobie karabin między nogi i przeładowałem magazynek.

Młodziak zarobił kilka kul w ramię, szyję i klatkę piersiową i dopiero wtedy zwolnił. Udało mi się trafić go w kolano, przez co zwierzę padło na ziemię. Ślizgał się na niej z krzykiem, natomiast drugie, to większe, kontynuowało pościg.

– Biegnij! – zawołałem, podnosząc się z ziemi.

Abby odwróciła się i puściła się biegiem obok mnie.

Nie mieliśmy pojęcia, dokąd biegniemy ani co nas czeka na końcu długiego korytarza. Mogliśmy jedynie biec i starać się wpakować w tę bestię tyle kul, ile się da, nim nas w końcu dogoni.

Gdy obejrzałem się przez ramię, dotarło do mnie, że nastąpi to całkiem niedługo.

Zwierzę biegło szybciej, niż się spodziewałem, uderzając o lód potężnymi nogami i łapami uzbrojonymi w szpony.

Uniosłem broń i oddałem kilka strzałów, i w tym momencie usłyszałem kliknięcie.

– Nie mam już naboi! – krzyknąłem.

– Ja też!

Na łuku tunelu walnąłem ramieniem w ścianę lodu, po czym odepchnąłem się od niej i biegłem dalej.

– Tessa! Tessa!

– Co?! – zapytałem.

– Nic nie mówiłam! – wysapała Abby.

– Tessa! – Znowu ten głos. Na końcu korytarza dostrzegłem jakąś postać, wymachującą obiema rękami. – Tessa modune! Tessa!

– A to kto? – zapytałem, lecz nie było czasu na odpowiedź, bo zdążyliśmy tam dobiec.

Nieznajoma, odziana w jakieś połączenie skór i futer i z maską zasłaniającą twarz, zaczekała, aż opuścimy korytarz, a następnie stanęła na drodze zbliżającego się zwierzęcia. Jednym płynnym ruchem wsunęła dłoń pod swoje okrycie i wyjęła jakąś laskę – nie, to była strzelba.

– Sachala! – zawołała do bestii. – Sachala rockheme!

Końcówka lufy rozjarzyła się na niebiesko i biało, po czym rozległ się wybuch. Światło przeszyło ramię bestii, odrzucając ją kilka kroków w tył.

Potwór się zachwiał, przesuwając szponami po ziemi. Potrząsnął głową, a następnie nachylił się i zaryczał.

Dźwięk ten okazał się tak głośny, że aż się wzdrygnąłem.

Zwierzę uniosło szpony i nimi zamachało. Pokaz siły.

Kobieta stała z bronią wycelowaną w stworzenie, gotowa do oddania drugiego strzału.

Zwierzę wyło, tocząc z pyska pianę.

I kiedy sądziłem, że nieznajoma znowu strzeli, wyrzuciło łapy nad głowę, drapiąc szponami o sufit i lód.

Sufit był już najwyraźniej osłabiony, bo tyle wystarczyło, aby się zawalił. Lód i metal spadły na zwierzę, grzebiąc je pod olbrzymią stertą gruzu.

Do mnie dotarł podmuch. Stojącą obok mnie Abby pociągnąłem za sobą na ziemię, w samą porę, żeby uniknąć największej fali.

Siła podmuchu przewróciła nas na plecy, a lawina potoczyła się z ogłuszającym dudnieniem. Spodziewałem się, że cała konstrukcja w każdej chwili może się zawalić, przez co my dołączymy do tych wszystkich innych szczątków ludzi, którzy kiedyś nazywali to miejsce domem.

6

Otworzyłem oczy. Padał na nas śnieg. Abby podniosła na mnie wzrok, wyraźnie skonsternowana.

Odsunąłem się od niej, po czym podałem rękę, by pomóc jej wstać. Otrzepaliśmy się, lecz śnieg zdawał się wszechobecny.

– O bogowie – mruknęła Abby, ocierając czoło. – Błagam, nie róbmy tego więcej.

Oboje spojrzeliśmy na nieznajomą, która stała ze wzrokiem wbitym w powalonego potwora. Pomimo wszystkiego, co się stało, nie poruszyła się ani na milimetr.

– Hej – rzuciłem, próbując zwrócić na siebie jej uwagę. – Kim jesteś?

Kobieta odwróciła się w moją stronę. Twarz miała zakrytą maską-czaszką. Teraz, kiedy znajdowała się blisko, wyraźniej widziałem kształt tej czaszki. Wyglądało na to, że pochodzi od jednego z tych zwierząt, a wzdłuż kości wyryto dziwne znaki. Przypominały to, co miałem okazję widzieć na Tytanie, a konkretnie tatuaże, które znaczyły Lex i mnie.

– Słyszysz mnie? – Zrobiłem krok w stronę kobiety. – Pytałem, kim jesteś.

– Badalaka – odparła. – Dusaka, kei la.

Spojrzałem na Abigail.

– Zrozumiałaś?

Mniszka pokręciła głową.

– Nigdy nie słyszałam tego języka.

– Badalaka! – zawołała kobieta z twarzą zasłoniętą czaszką.

– Nie rozumiemy – powiedziałem.

Nieznajoma zrobiła krok w moją stronę. Uniosła swoją laskę – broń, którą dopiero co zaatakowała tamto zwierzę – i wycelowała nią we mnie.

Odruchowo sięgnąłem po karabin, ale poczułem na nadgarstku dłoń Abigail.

– Poczekaj – rzekła do mnie.

Druga kobieta przyłożyła mi laskę do szyi i odsunęła kołnierz skafandra, odsłaniając początek tatuażu.

– Koraka – szepnęła.

– Co? – zapytałem, wbijając wzrok w laskę.

Nieznajoma odsunęła swoją broń.

– Fordo – oświadczyła i odciągnęła od twarzy maskę.

Jej wygląd mnie zaskoczył – blada skóra i niebieskie oczy, tatuaże biegnące od ucha w dół szyi. Na co konkretnie patrzyłem?

– Fordo ack bala – powiedziała kobieta.

Sądząc po zmarszczkach wokół oczu, mogła mieć sześćdziesiąt, siedemdziesiąt lat. Z drugiej jednak strony licho wie, jaki ten świat miał wpływ na jej zdrowie. Równie dobrze mogła mieć zaledwie trzydzieści siedem lat.

– Ciebie także witamy – odparłem.

Kobieta wskazała laską na coś za nami.

– Soga – rzekła i zaczęła iść, kierując się między nas dwoje.

Odwróciliśmy się razem z nią i obserwowaliśmy, jak spokojnie idzie na koniec pomieszczenia, w stronę zapieczętowanych drzwi. Nachyliła się i stuknęła w nieduży ekran umieszczony na ścianie, dzięki czemu drzwi się przesunęły.

– Soga – powtórzyła, oglądając się na nas.

Abigail, nadal z pistoletem w ręce, spojrzała na mnie.

– Co sądzisz?

– Nieważne – odparłem, wskazując na zawalony korytarz z nieżywym potworem. – Nie ma innej drogi.

Zawahała się, ostatecznie jednak się ugięła.

– Jeśli będzie coś kombinować…

– Poradzimy sobie – dokończyłem i razem się udaliśmy za nieznajomą.

Obserwowałem, jak staruszka otwiera kolejne drzwi, używając za każdym razem tego samego szyfru.

2-0-1-1-9

Szybko zapamiętałem ciąg liczb, bo czemu miałbym tego nie zrobić?

Kobieta wprowadziła nas do holu ze ścianami ze szkła. Najwyraźniej służył on jako miejsce spotkań, gdyż pośrodku ustawiono stare, zdezelowane stoły, wokół których znajdowały się rozpadające się krzesła.

Nieznajoma otworzyła kolejne drzwi, za którymi mieściły się strome schody. Wycelowała niebieską laskę do góry i powiedziała coś, co, jak uznałem, oznaczało „Do góry” albo „Idziemy”.

I tak właśnie zrobiliśmy. Prowadziła nas przez siedem pięter, mimo podeszłego wieku ani na chwilę nie zwalniając. Bez względu na to, co wydarzy się dalej, zaskarbiła sobie mój szacunek. Zabiła zwierzę dwa razy większe ode mnie i miała energię, żeby pokonać te wszystkie schody. Nieźle, paniusiu. Nieźle.

Dotarliśmy do zapieczętowanych drzwi, aczkolwiek wyglądały inaczej niż pozostałe. Nie były przesuwne, lecz otwierały się w tradycyjny sposób. Kobieta trzy razy zastukała laską w metal. Dwa razy szybko, a potem krótka pauza przed trzecim razem.

Drzwi się uchyliły, a towarzyszące temu skrzypnięcie odbiło się echem od ścian klatki schodowej.

W drzwiach pojawiła się twarz zakryta maską. Ta akurat była metalowa, przypuszczalnie wykonana z dostępnego tutaj złomu. Ciekawe, czemu staruszka wykorzystała kości zwierzęcia zamiast metalowych odłamków, tak jak ta osoba, odsunąłem jednak od siebie tę myśl. Kiedy stąd wyjdę, będę miał mnóstwo czasu na zastanawianie się nad takimi nieistotnymi kwestiami. Na razie musiałem zachowywać czujność, bo nie wiadomo było, czy któreś z nich nie okaże się niebezpieczne.

Mężczyzna w metalowej masce spojrzał na towarzyszącą nam kobietę, a potem zerknął na mnie.

– Chala – odezwał się i mimo skrywającej jego twarz maski zobaczyłem, że otwiera szeroko oczy. – Chala do ray!

Staruszka kiwnęła głową i wskazała na swoją maskę.

– Dusaka es graw, chala do ray.

Mężczyzna powoli pokiwał głową, a następnie otworzył szerzej drzwi. Kawałek za nim dostrzegłem kilka przyglądających się nam osób.

Starsza kobieta spojrzała na mnie, po czym wskazała laską na otwarte drzwi.

– Tak.

– Przypuszczam, że to pewnie oznacza zaproszenie na kolację

- stwierdziłem, wchodząc do środka. Po drodze minąłem dwie zamaskowane osoby.

Za mną udała się Abigail.

- Mam tylko nadzieję, że nie staniemy się częścią dania głównego - szepnęła.

Staruszka i jej znajomy poprowadzili nas przez pomieszczenie, które, jak zakładałem, było jakimś miejscem spotkań. Miało wielkość magazynu i wysoki sufit. Nie widziałem tu jednak żadnych skrzyń. Jeśli rzeczywiście się tu kiedyś znajdowały, zostały albo przeniesione w inne miejsce, albo zniszczone.

Krzątało się tutaj kilkanaście osób, każda czymś zajęta. Niektórzy rozdzielali zapasy, w pobliżu zaś bawiły się dzieci. „Dzieci", pomyślałem, gdy obok nas przebiegła roześmiana dwójka. „Nawet w takim miejscu ludzie znajdują czas na robienie kolejnych ludzi".

Gospodarze zaprowadzili nas do kolejnych drzwi, przy których stał drugi strażnik. Od razu się odsunął, niewątpliwie uznając wyższość starszej kobiety i jej towarzysza.

Drzwi się otworzyły i wkroczyliśmy do niedużego okrągłego pomieszczenia z podłogą wyłożoną matami. Ktoś już tu był: młodsza kobieta, która podobnie jak wszystkie obecne tu osoby miała bladą skórę, białe włosy i niebieskie oczy.

- Edda - powiedziała staruszka, wskazując na młodszą. - Dusaka es graw, din mohala kin ro.

Młodsza kobieta, zapewne przywódczyni, przyjrzała się nam. A konkretnie mnie. I tak patrzyła przez długą chwilę.

- Tucka del ka - rzekła w końcu. Spojrzała na swoją starszą towarzyszkę. - Sadda.

Ta skinęła głową i wskazując na maty leżące najbliżej nas, podeszła do jednej z nich i usiadła po turecku. Laskę położyła z boku, po czym zdjęła maskę.

Zerknąłem na Abby, ta zaś wzruszyła ramionami.

– Powinno być ciekawie – mruknąłem i zająłem miejsce naprzeciwko dwóch bladych kobiet.

Abigail usiadła obok mnie i wspólnie czekaliśmy na to, co, jak mogłem tylko założyć, miało być jakimś rytuałem plemiennym.

Strażnik wyszedł i zamknął za sobą drzwi, zostawiając nas tylko we czworo.

– Tosha – odezwała się młodsza kobieta, nie odrywając ode mnie wzroku.

Starsza sięgnęła za siebie i wzięła do ręki nieduże pudełko. Uniosła pokrywę i wyjęła coś ze środka. Jakiś przedmiot owinięty w materiał, który szybko i ostrożnie podała tej drugiej.

Młodsza kobieta odwinęła materiał, prezentując niewielkie urządzenie. Już-już miałem zapytać, co to takiego, kiedy go dotknęła, a wtedy rozjarzyło się ono i jej tatuaże.

Spojrzałem na Abigail, która przyglądała się temu szeroko otwartymi oczami. Oboje doskonale wiedzieliśmy, co to za technologia, i wiedza ta mocno nas zaniepokoiła. Skoro ci ludzie korzystali ze starych urządzeń z Ziemi, trudno przewidzieć, do czego są zdolni, zwłaszcza w kwestii broni.

Młodsza kobieta wyciągnęła rękę, na której spoczywało urządzenie jarzące się niebieskim, łagodnym światłem.

– Taloka – powiedziała, patrząc na mnie.

Wpatrywałem się w nią nierozumiejącym wzrokiem.

– Taloka – powtórzyła.

Zerknąłem na staruszkę, która wskazała na swoje usta.

– Takola – powiedziała.

– Nie wiem, o co wam chodzi – odparłem.

– Może chcą, abyś sto zjadł – odezwała się Abigail, unosząc brwi.

Tylko częściowo żartowała, gdyż żadne z nas nie rozumiało, o co chodzi. Jak pokonać taką barierę językową? Och, jasne, w galaktyce istniały przeróżne dialekty, jednak większość ludzi używała Wspólnego E, jako że był to oficjalny język unijnego rządu, wszystkich organizacji handlowych i nawet Imperium Sarkonijskiego.

Wyciągnąłem rękę po urządzenie, lecz kobieta pokręciła głową.

– Taloka – powtórzyła, wskazując na swoje usta.

– Już mówiłem, że nie wiem, co to znaczy – powiedziałem. – Coś tam ciągle mówicie, jakbym miał to rozumieć.

– Może jeśli wrócimy na statek, Sigmond nam to przetłumaczy – rzekła Abigail.

Kobieta ponownie wyciągnęła rękę. Wskazała na usta.

– Taloka.

Westchnąłem.

– Nie zaprowadzi nas to donikąd.

– Już się poddajesz? – zapytała Abby.

– Tego nie powiedziałem.

– Jaki masz w takim razie plan?

– Trzeba rozgryźć, w jaki sposób im powiedzieć, że musimy wyjść na powierzchnię – oświadczyłem. – To będzie wyzwanie samo w sobie.

– Co sugerujesz? Komunikację niewerbalną?

– Nie jesteś w tym dobra? – zapytałem.

– A powinnam?

Uniosłem brew.

– Nie jest tak, że w twoim zawodzie trzeba umieć interpretować mowę ciała?

– To nie oznacza, że dobra jestem w szaradach – odparła. – Może spróbuj wskazać na górę i powiedzieć im, że musimy…

– Chcielibyście wrócić na powierzchnię? – zapytała kobieta, nagle używając tego samego języka.

Wpatrywałem się w nią, nie mając pewności, czy dobrze usłyszałem.

– Eee, co takiego?

Abigail zamrugała.

– Czy ona właśnie…

– Ach, więc rozumiecie – powiedziała młoda kobieta. – To dobrze.

– Ty mówisz… – Z otwartymi ustami próbowałem przetworzyć to, co słyszę. – Znacie Wspólny?

– Co to jest Wspólny? – zapytała.

Abigail spojrzała na mnie, po czym przeniosła wzrok na kobietę.

– Język, którego teraz używasz, to jest…

– To, co słyszycie, to tłumaczenie – wyjaśniła kobieta. Obróciła w palcach jarzącą się kulę. – Nie znam waszego języka. I za mnie, i za was mówi to urządzenie.

– To jest translator? – zdziwiła się Abigail.

Oboje gapiliśmy się na urządzenie. Przenośne translatory były spotykane w Unii, nigdy jednak nie widziałem czegoś takiego. Miało ten sam kolor co pozostały stary sprzęt z Ziemi, niebieski i śliczny. Sądząc po strojach tych ludzi, raczej nie posiadali wiedzy pozwalającej na skonstruowanie czegoś takiego. Znaleźli to gdzieś w ruinach, które eksplorowaliśmy po drodze?

– To urządzenie jest jednym z wielu – oświadczyła kobieta. –

Mamy całe mnóstwo sprzętu i każdego dnia zdobywamy go coraz więcej. Ten proces jest powolny i trudny, a czas nie obchodzi się łaskawie z tymi jaskiniami.

– Więc je znaleźliście? – zapytałem. – Tę laskę, która zabiła tamto zwierzę w tunelu, także?

Młoda kobieta zerknęła na starszą koleżankę i lekko skinęła głową.

Staruszka się nachyliła.

– Sama ją zrobiłam – wyjaśniła z nutką dumy w głosie. – Znalazłam rdzeń i dodałam pozostałe części. Tylko najsilniejsi z nas tak potrafią.

– Okej, okej. – Machnąłem na nią ręką.

– A ten potwór, którego nią trafiłaś? – zapytała Abigail.

Tym razem odpowiedzi udzieliła młodsza z kobiet.

– Nazywamy je szponiarzami. Patrolują tunele, jak również inne opuszczone tereny.

– Opuszczone? – zapytała mniszka. – Masz na myśli te stare obiekty, które widzieliśmy?

– Szponiarz? Co to za nazwa? – mruknąłem pod nosem.

Kobieta zignorowała mnie.

– Ta cała struktura została zbudowana przez naszych przodków po ich przybyciu do tego świata.

– Przybycia do tego świata skąd? – zapytała Abby.

– Z Ziemi.

Wyprostowałem się. W nosie miałem zwierzęta, śnieżyce i połowę tego, co słyszałem. Mój cel był teraz taki sam jak wtedy, kiedy po raz pierwszy usłyszałem przekaz – dowiedzenie się, co, u licha, to zapomniane przez wszystkich miejsce ma wspólnego z Ziemią.

– Co wiecie na temat Ziemi? – zapytałem.

Młodsza kobieta przez chwilę wpatrywała się we mnie.

– O to samo mogłabym zapytać ciebie, chłopcze.

Nic nie powiedziałem.

– Nazywam się Karin Braid – dodała. Wskazała na swoją towarzyszkę. – To moja matka, Lucia. Jesteśmy przywódczyniami tego obozu. Całych trzech setek dusz.

Abby się uśmiechnęła.

– Jestem Abigail Pryar. A to Jace Hughes.

– Wspaniale was poznać. – W głosie Karin pobrzmiewała szczera radość.

– Ile jest tu osób poza waszą grupą? – zapytała Abigail.

– Nie ma nikogo innego – odparła Karin.

– Nawet w innych częściach obiektu? – zdziwiła się Abby.

Starsza kobieta, Lucia, pokręciła głową.

– Mróz zabija wszystkich, którzy stąd wychodzą.

– Na całej planecie mieszka tylko trzysta osób? – zapytała Abigail. – Jak to możliwe? Do tego czasu nie powinno być was więcej?

– Do tego czasu? – powtórzyła Karin.

– Wiecie, kiedy wasi przodkowie opuścili Ziemię? Wiecie, kiedy tu przybyli?

Karin spojrzała na matkę, która udzieliła odpowiedzi:

– Rejestry mówią, że stało się to ponad dwa tysiące lat temu, ale kolonia przez długi czas się rozrastała. Ludzi zdziesiątkowały dopiero śnieżyce i szponiarze.

Obracałem w myślach te słowa.

– Szponiarze się *pojawiły*? Co to oznacza? Nie zawsze tu były?

Pokręciła głową.

– Nie, o ile można wierzyć rejestratorowi.

– Rejestratorowi? – zapytała Abigail.

– Janusowi – wyjaśniła Karin. – To on posiada całą wiedzę dotyczącą naszej historii.

– Większość – poprawiła ją Lucia.

Karin kiwnęła głową.

– Tak, większość. Przepraszam.

Matka uśmiechnęła się do niej.

– Pytałeś o Ziemię – rzekła, zwracając się do mnie. – Nasza wiedza jest ograniczona, ale Janus twierdzi, że to stamtąd przybyli nasi przodkowie.

– Z innego, odległego świata – uzupełniła Karin.

– Podobno jest to kraina życia – powiedziała Lucia. – Miejsce lepsze niż to.

– Lepsze to pojęcie względne – stwierdziłem.

– Być może – przyznała staruszka. – Ale pożyj sobie jakiś czas pośród nas i powiedz wtedy, że nie istnieje żaden gorszy świat od tego.

Nie protestowałem. Ci ludzie wiedli potworne życie. Wiedzieli o tym. Ja także. Nie było sensu się kłócić.

– Mówicie o innych światach – rzekłem w końcu. – Co o tym wiecie?

– Nie jesteśmy głupi – oświadczyła Karin. – Może i mieszkamy pod ziemią, ale każde z nas pobiera edukację i ma wiedzę na temat tego, skąd się tu wzięliśmy i w jaki sposób.

– Wiemy także, że wy nie mieszkacie na tej planecie – dodała Lucia.

– Skąd to wiecie? – zapytała Abigail.

– Nie działa nasza sieć obronna, więc nie mogliśmy wysłać wiadomości, ale zobaczyliśmy wasz statek, kiedy pojawił się na orbicie – wyjaśniła Karin. – Być może uważacie nas za dzikusów, lecz jesteście naszymi pierwszymi gośćmi i zobaczyliśmy, że się zbliżacie, przypuszczalnie wcześniej, niż wy dowiedzieliście się o nas.

Ba, wyglądało także na to, że mają jakąś tam wiedzę na temat ziemskiej technologii. Nie, to wcale nie były dzikusy. Zrozumiałem to w chwili, kiedy zobaczyłem, jak staruszka powala potwora w tunelu swoim sprzętem.

– W porządku – rzekłem w końcu. – Przylecieliśmy dlatego, że odebraliśmy stąd przekaz. Wspomniano w nim o Ziemi, dlatego postanowiliśmy to zbadać.

Karin się uśmiechnęła.

– To teraz ty mi powiesz, co wiesz na temat Ziemi.

– Niewiele – przyznałem. – Nikogo na niej nie było od tysięcy lat.

Zdecydowałem się nie wspominać o Athenie, Tytanie i Lex. Lepiej dowiedzieć się najpierw więcej o tych ludziach. Równie dobrze mogli podjąć próbę kradzieży mojego statku i ścigać moją załogę. Cholera, już dwa imperia deptały nam po piętach.

– A to szkoda – stwierdziła Karin. – Liczyłam na więcej informacji, być może poświęconych temu, co się z nią stało.

Wzruszyłem ramionami.

– Też chciałbym to wiedzieć. Słyszałem, że istnieje, nigdy tam jednak nie byłem. A myślisz, że po co tu wylądowałem? W waszym przekazie wspominacie o planecie, której nikt nie widział od wieków. Oczywiście, że zamierzam to sprawdzić.

Abigail nie patrzyła na mnie. Skinęła jedynie głową do obu kobiet.

„Dobrze", pomyślałem. „Rozumie".

– Jeśli nie widzieliście nigdy obrazów Ziemi, powinniście je zobaczyć – rzekła Karin. – Są naprawdę piękne. Wzgórza porośnięte bujną roślinnością, rozległe równiny i cudne, błękitne niebo.

– Widzieliście hologramy? – zapytałem.

– Janus je pokazuje. Jeśli chcecie, to mogę zorganizować spotkanie – powiedziała Karin. – Przebywa teraz ze swoimi uczniami, ale możemy was tam zabrać.

– Naprawdę? – zapytała Abigail. – Mimo że nas nie znacie?

Karin się uśmiechnęła.

– Jesteście naszymi pierwszymi gośćmi, pamiętasz? Chcemy dobrze was przyjąć. Tak się przecież robi, prawda?

– No tak. – Abby odpowiedziała takim samym uśmiechem.

– Poza tym jeśli będziecie coś kombinować, to was zabijemy – dodała Lucia i sięgnęła po swoją laskę. Pogłaskała ją, jakby to było zwierzę, i spojrzała na mnie. – Rozumiemy się?

7

Karin zaprowadziła nas do innego korytarza, sąsiadującego z tym większym pomieszczeniem, z którego przyszliśmy. Gdy minęliśmy z pół tuzina innych pomieszczeń zacząłem się zastanawiać czy przypadkiem ten obiekt nie ciągnie się bez końca. Jak wielki był?

Po kilku minutach marszu matka Karin powiedziała coś w ich języku i weszła do jednego z pomieszczeń. Sprawiała wrażenie zaniepokojonej, o nic jednak nie pytałem. Zważywszy na stan tego miejsca, zapewne w każdej chwili mogło dość do setki katastrof.

– Hej, Abby – rzuciłem, podchodząc do mniszki. Szliśmy razem za Karin.

– Co? – zapytała. – Tylko nie mów, że musisz skorzystać z toalety.

– Jak myślisz, co tu się wydarzyło? – Zignorowałem jej uwagę.

– Pewnie śnieżyce i zwierzęta – odparła. – Nie tak nam powiedziano?

– Nie rozumiem, jak coś takiego miałoby zmieść całą kolonię – przyznałem.

– Może zapytaj o to tego całego Janusa? – zasugerowała Abby.

– Kimkolwiek on jest – mruknąłem.

Minęliśmy grupkę mężczyzn. Każdy miał w rękach narzędzia i fragmenty urządzeń. Na moje oko wykorzystywano je do skonstruowania czegoś nowego. Nie miałem pojęcia, czy chodzi o broń, ale zamierzałem zadać za chwilę mnóstwo pytań. Liczyłem, że Janus rzuci nieco światła na to, co dokładnie się tutaj wydarzyło, i wyjaśni, dlaczego ci ludzie nie mają już kontaktu z pozostałą częścią galaktyki.

Dotarliśmy za Karen do otwartych drzwi i do moich uszu dobiegł śmiech. Dzieci, radosne i pełne energii, coś zaskakującego w tak posępnym miejscu. Gdy weszliśmy do pomieszczenia, okazało się, że to klasa, w której uczniowie siedzą na ziemi po turecku i słuchają tego, co mówi nauczyciel. Mężczyzna miał mnóstwo białych włosów, tak jak pozostali, lecz było w nim coś, co go od nich odróżniało. Kiedy się poruszył, wydało mi się, że na jego skórze dostrzegam migotanie światła, jakby to był hologram.

Nauczyciel zwracał się do dzieci w obcym języku, tym samym, który słyszeliśmy już wcześniej. Nim zdążyłem cokolwiek powiedzieć, Karin wyjęła translator i uniosła go przed siebie. Urządzenie rozjarzyło się delikatnym błękitem i nagle ten język przeistoczył się w coś znajomego.

– Mimo ich wielkiej wartości rdzenie syntezy można znaleźć we wszystkich trzech obiektach na tej planecie – rzekł nauczyciel. – Będziecie musieli dobrze je zrozumieć, jeśli chcecie przeżyć w tych jaskiniach i obronić obóz. Mam na myśli ich pozyskanie, konserwację i funkcjonalność. Pamiętajcie: tych urządzeń nie ma zbyt wiele, dlatego ich zlokalizowanie wymagać będzie wysiłku.

Na twarzach uczniów malowało się zainteresowanie, jakby dzielił się z nimi wielką prawdą... tajemnicami wszechświata.

Ba, może tak właśnie było. Skąd to miałem wiedzieć?

Nauczyciel spojrzał na nas i jego spojrzenie na chwilę zatrzymało się na mnie. Ciekawiło mnie co sobie myśli, co wszyscy myślą, kiedy patrzą na mnie i Abigail. Wyglądaliśmy inaczej niż oni. Żadne z nas nie miało białych włosów, niebieskich oczu ani bladej skóry. Wyróżnialiśmy się tutaj w takim stopniu, w jakim Lex wyróżniała się w pozostałej części galaktyki. Zastanawiałem się, co by czuła, będąc tu ze mną i tymi ludźmi. Tak długo się ukrywała. Czy byłoby dla niej lepiej, gdyby się urodziła w miejscu takim jak to? Czy byłaby szczęśliwsza, nawet jeśli oznaczałoby to potwory i śnieżyce?

– Przepraszam na chwilę – powiedział mężczyzna do swoich uczniów. – Wygląda na to, że jestem potrzebny. Pozostańcie, proszę, na swoich miejscach, i rozmawiajcie ze sobą. Za chwilę do was wrócę.

Dzieci zaczęły mamrotać i dźwięk ten stawał się coraz głośniejszy. Nauczyciel spojrzał na mnie i Abigail, a potem na Karin, i w końcu do nas podszedł.

– Pani Braid – przywitał się z nią.

– Janusie – odparła Karin.

– Widzę, że mamy gości – rzekł, zerkając na mnie.

– Miałeś rację – oświadczyła. – Mówiłeś, że się zjawią.

Kiwnął głową.

– To była jedynie kwestia czasu.

Uniosłem brwi.

– Dlaczego nasz widok nie do końca pana zaskakuje?

– Wiele w życiu widziałem – odparł. – Po dwóch tysiącach lat mało jest w stanie zaskoczyć.

– Dwóch tysiącach lat? – odezwała się Abigail.

Na rękawie Janusa dostrzegłem kolejny błysk, odbicie światła ze źródła, którego tutaj nie było. Nie dostrzegałem tu żadnych okien, żadnych źródeł intensywnego światła. Jedynie słabo świecące lampy pod sufitem. Ten mężczyzna… on był jak Athena.

– Jest pan Kognitywny – rzuciłem.

Odwrócił się w moją stronę. Zmrużył oczy z nagłym zainteresowaniem.

– Skąd pan wie o Kognitywnych, panie…?

– Hughes. A wiem to, bo jednego już znam. Nic dziwnego, że ma pan tak rozległą wiedzę na temat ziemskich technologii. Co pan robi w takim miejscu? Zarządzał nim pan, nim wszystko się spieprzyło?

– Proszę mi wybaczyć ignorancję, panie Hughes – rzekł Janus. – Czy mógłby mnie pan oświecić w kwestii Kognitywnego, którego miał pan okazję poznać?

„Cholera", pomyślałem i od razu pożałowałem swoich wcześniejszych słów. Mało nie powiedziałem za dużo. Im mniej ci ludzie wiedzieli na temat Atheny i Tytana, tym lepiej. Nie zdecydowałem jeszcze, czy można im zaufać.

– Nie pamiętam imienia, ale to nie ma znaczenia. Ważne jest to, co pan tu robi i kim są, u licha, ci ludzie.

– Przejdźmy, proszę, do holu – odezwała się Karin.

– Dobry pomysł – stwierdził Janus. – Lepiej, aby dzieci nas nie słyszały. Zapraszam, panie Hughes, a ja w miarę możliwości wszystko panu opowiem.

Kiwnąłem głową.

– Chyba będzie mi to musiało wystarczyć.

– No więc co to za historia? – zapytałem, w chwili gdy znaleźliśmy się w holu.

Janus się uśmiechnął.

– Muszę powiedzieć, kapitanie, że cenię sobie pańską dociekliwość.

– Informacje zapewniają przeżycie – odparłem, myśląc o zwierzętach napotkanych w jaskiniach. – Wie pan, co doprowadziło to miejsce do takiego stanu, więc proszę mi powiedzieć.

– Doskonale. – Kognitywny odwrócił się w stronę najbliższych drzwi. Podszedł do nich i obejrzał się na mnie. – Zapraszam tutaj.

Przeszedł przez metal prosto do przyległego pomieszczenia.

– Zawsze się tak popisuje? – zapytałem, patrząc na Karin.

Razem z Abby i Karin wszedłem za Janusem i zamknąłem za nami drzwi. Od razu rozpoznałem wystrój tego wnętrza – tak bardzo przypominał pomieszczenia na Tytanie. Ściany były wykonane z takich samych metalicznych płyt, co sugerowało, że można ich używać do prezentacji obrazów i filmów. Na środku stał stół, aczkolwiek nie w tak idealnym stanie jak na statku. Ten akurat miał wyszczerbione rogi, a większość krzeseł zastąpiono innymi albo usunięto.

– Usiądźcie, proszę – powiedział Janus, kiedy wszyscy już znaleźliśmy się w środku.

Zajęliśmy miejsca naprzeciwko niego, jedno obok drugiego, przodem do ściany, która na chwilę zamigotała, po czym stała się czarna.

Już-już miałem coś powiedzieć, kiedy się zorientowałem, że to wcale nie jakaś usterka. Obraz prezentował widniejące w oddali gwiazdy otoczone ciemnością. Tej samej sztuczki użyła Athena, kiedy przekształciła ściany w ekrany, tyle że te tutaj były popękane i stare, niewątpliwie zniszczone przez lata ekspozycji na żywioły.

– Znacie historię Ziemi? – zapytał po chwili Janus.

– Przelotni ją opuścili – odparłem, przechodząc od razu do konkretów. – Reszta pozostała.

– Ach, a więc wie pan o tym. Świetnie, zaoszczędza mi to czasu. – Wykonał szybki ruch nadgarstkiem i obraz się zmienił, prezentując teraz planetę. Choć nigdy nie byłem na Ziemi, od razu ją rozpoznałem, przypuszczalnie dzięki zdjęciom, jakie pokazał mi Freddie.

– Większość populacji Wiecznych pozostała na Ziemi, gdy tymczasem Przelotni udali się do różnych części galaktyki – wyjaśnił Janus. – Niedługo po tym, jak odleciały statki z kolonistami, przywódcy podjęli decyzję o podjęciu działań, których celem było zabezpieczenie naszych granic po niedawnym sporze między dwiema stronami.

– Sądziłem, że wszystko załatwiono – powiedziałem, pamiętając o tym, że Przelotni, czyli moi przodkowie, opuścili Ziemię po to, aby rozpocząć nowe życie. Chcieli jedynie szansy na pracę i przeżycie.

– Owszem – przytaknął Kognitywny. – Jednakże Przelotni żyją krótko, jeden wiek albo i krócej. Wieczni wiedzieli, że kolejne pokolenia mogą zapomnieć o rozejmie, o który tak zaciekle walczyli ich ojcowie, co oznaczało podjęcie środków zapobiegawczych mających zapewnić bezpieczeństwo Ziemi. Wieczni przewidywali, że w odległej przyszłości dojdzie do exodusu odwrotnego. Wierzyli w to, że Przelotni wrócą, aby przywłaszczyć sobie tę planetę, uważając, że mają do tego prawo. Dlatego w całej przestrzeni Wiecznych wybudowano punkty kontrolne i stacje monitoringu, jak również placówki badawcze oraz kolonie. Na przestrzeni pięciu wieków terytorium Ziemi uległo wzmocnieniu, co zapewniło planecie przetrwanie.

– Tym właśnie jest to miejsce? – zapytałem. – Placówką Wiecznych?

– Czymś w tym rodzaju – przytaknął Janus. – Zostało utworzone jako kolonia górnicza, ale po jakimś czasie zbudowano stację kosmiczną mającą ją strzec i ostrzegawczą radiolatarnię. Przypuszczam, że właśnie ten sygnał odebraliście po wkroczeniu do układu.

– Nie widzieliśmy żadnej stacji kosmicznej – odezwała się Abigail.

– Bo już jej nie ma – wyjaśnił Kognitywny. – Po tysiącu lat stacja przedarła się przez orbitę i rozbiła daleko stąd, na wschodzie.

– Wysłaliście kogoś, aby to sprawdzić? – zapytałem.

– Nie, obawiam się, że na tamtym etapie nasze statki już nie funkcjonowały. Dopilnowały tego… te… stworzenia.

– Stworzenia – powtórzyłem i spojrzałem na Karin. – Ma na myśli to coś, co o mało nas nie zabiło w jaskiniach, tak? Przypomnij mi, jak wy je nazywacie?

– Szponiarze – odparła.

Mimo braku płuc Janus westchnął.

– Prosta nazwa dla skomplikowanego problemu.

– Jak to skomplikowanego?

– Chyba nie sądzi pan, że te bestie są tu od zawsze? – zapytał.

– A nie? – zdziwiła się Abigail. – Skąd miałyby się wziąć? Przywędrowałyby tutaj?

Janus poruszył nadgarstkiem, a ekran za nim znowu się zmienił. Tym razem przedstawiał nagranie z wnętrza jakiegoś obiektu. Obiekt był nowy i widać było pracujących w nim ludzi.

– Pierwsi koloniści mieli kilka głównych projektów. Konkretnie trzy, a każdy realizowany był w osobnym obiekcie. Jeden projekt to rozwój rdzeni syntezy, niewielkich, lecz wyjątkowo wydajnych źródeł zasilania. Możliwe, że słyszał pan, jak opowiadam o tym uczniom.

– Rdzenie syntezy? – zapytałem. – To coś innego niż rdzenie trytowe?

Kiwnął głową.

– Rdzenie syntezy są przenośne i używa się ich w urządzeniach trzymanych w ręce, takich jak laska Lucii, natomiast rdzeń trytowy ma wystarczająco dużo energii, aby zapewnić zasilanie całemu obiektowi, na przykład takiemu jak ten.

– To miejsce ma rdzeń trytowy? – zapytałem.

– Owszem, aczkolwiek z czasem jego działanie osłabło. Od lat aktywnie szukamy godnego następcy.

Zawahałem się. Skoro ci ludzie byli w posiadaniu rdzenia trytowego, to jakie jeszcze skrywali tajemnice?

– Jeśli zaś chodzi o rdzenie syntezy, to są one znacznie powszechniejsze. Ale zbaczam z tematu. Pozostałe projekty skupiały się na inżynierii genetycznej.

Abigail się wyprostowała.

– Inżynierii genetycznej?

– Jeden z obiektów miał za zadanie stworzyć nowy typ fauny, której celem było oczyszczanie powietrza. Ziemia zmagała się z problemami środowiskowymi, czego powodem było wiele czynników, w tym konflikt między Przelotnymi a Wiecznymi, a także rozwój wczesnych rdzeni trytowych – wyjaśnił Janus.

– Do czego pan zmierza? – zapytałem.

Uśmiechnął się.

– Cierpliwości, kapitanie. Zaraz do tego przejdę – zapewnił Kognitywny. – No dobrze, wie pan, skąd się wzięli Wieczni?

Kiwnąłem głową.

– Słyszałem tę historię. Uczynili się nieśmiertelnymi. – Spojrzałem na białe włosy Karin. – I nie chorują.

– Zgadza się – potwierdził Janus. – Wszystko to jest prawdą. Za to możecie nie wiedzieć o tym, co wydarzyło się później.

– Później? – zapytała Abby.

– Wieczni uczynili radykalny krok w stronę ewolucji ludzkości. Nie starzeli się ani nie umierali, nie licząc oczywiście nieprzewidzianych wypadków. Ale nic nie jest idealne. Nawet Wieczni mieli wady i ograniczenia.

– Nareszcie – mruknąłem.

– Jakiś wiek po tym, jak Przelotni opuścili Ziemię, Wieczni zaczęli baczniej się przyglądać własnemu kodowi genetycznemu. Zauważyli, że zachodzi swoista degradacja. Ludzie nie dochodzili tak szybko do zdrowia, a u niektórych ze starszych pokoleń zaczęły się pojawiać oznaki starzenia się.

– Czyli tak naprawdę nie byli nieśmiertelni – stwierdziła Abigail.

– Możecie wyobrazić sobie ten strach – kontynuował Janus. – Spanikowani przywódcy próbowali znaleźć rozwiązanie. Po raz pierwszy od wieków śmierć naturalna stała się czymś rzeczywistym. Nie mogli stać z założonymi rękami, nie, kiedy mieli do dyspozycji cały rządowy oddział naukowców.

– Twierdzi pan, że po to właśnie zbudowano trzeci obiekt? – zapytała Abigail. – Aby znaleźć rozwiązanie?

Kiwnął głową.

– W rzeczy samej, pani Pryar. Jak sobie zapewne państwo wyobrażają, projekt ten otrzymał najwyższy priorytet. Społeczeństwo nie mogło poznać prawdy bez obecnego rozwiązania, dlatego rząd przeniósł swoją jednostkę badawczą do osobnego obiektu. – Uczynił pauzę. – Właśnie tego.

– Znaczy się tego, w którym obecnie przebywamy? – upewniła się Abigail.

– Zgadza się – potwierdził Janus. – Być może zastanawiacie się, jaki to wszystko ma związek z obecnym stanem naszej małej planety.

– Rzeczywiście przeszło mi to przez głowę – odezwałem się.

Janus zignorował moją uwagę.

– Prowadzono tu badania na niesłychaną skalę. Nie było miesiąca bez przełomowych postępów, głównie z powodu nacisków ziemskiego rządu. Potrzebowano szybkich rozwiązań, bez względu na koszty. I właśnie w trakcie tych eksperymentów coś poszło bardzo nie tak. – Janus ponownie zmienił obraz za sobą. Naszym oczom ukazało się coś przerażającego: potwór, jakiego widzieliśmy w tunelu. Szponiarz. – Jak mniemam, mieliście nieszczęście napotkać jedno z tych stworzeń.

Wpatrywałem się w bestię.

– Nieszczęście to mało powiedziane. Tego stworzenia nie można uznać za przyjacielskie.

– Zdecydowanie nie – westchnął. – Nie są także rdzennymi mieszkańcami tej planety.

– Karin wspomniała coś na ten temat – odezwała się Abby.

– To robota tych naukowców, prawda? – zapytałem, wpatrując się w Kognitywnego. – Stąd się właśnie wzięły?

Janus ściągnął brwi, po czym skinął głową.

– *My* ich stworzyliśmy, kapitanie. Do moich obowiązków należała pomoc w prowadzeniu badań. – Odwrócił się i spojrzał na potwora widniejącego na ekranie. – Ale zawiodłem. Przez pośpiech towarzyszący poszukiwaniu rozwiązania problemu genetycznej degradacji popełnione zostały błędy. Wiele osób straciło życie. A wszystko dlatego, że nie dostrzegaliśmy drogi przed nami i tego, dokąd nas może zaprowadzić. Wykorzystywaliśmy DNA Wiecznych, eksperymentowaliśmy z nim w nadziei na spowolnienie zegara.

– Chce pan powiedzieć – wtrąciła Abigail – że te stworzenia to są...

– Ludzie – dokończył Janus, potwierdzając to, co już podejrzewałem. – Tym, co widzicie, jest gen Wiecznych w swojej najczystszej postaci. To tutaj prowadzi droga ku zatraceniu, moi przyjaciele. To twarz nieposkromionej ludzkiej pychy.

8

Po spotkaniu z Janusem chciałem nawiązać kontakt z Gwiazdą. Od ostatniej rozmowy z Siggym minęły cztery godziny. Było to zdecydowanie zbyt długo i miałem pewność, że Freddie szaleje z niepokoju.

– Taka skrzynka – powiedziałem, patrząc na Janusa. – No wie pan, stary komunikator z Ziemi. Na pewno macie ich tu trochę.

– Owszem. Tylko proszę pamiętać, że nasza sieć komunikacyjna nie działa i nie jesteśmy w stanie skontaktować się z nikim spoza tego obiektu.

– Nie myśleliście, aby ją naprawić? – zapytałem.

– Wprost przeciwnie, podejmowaliśmy wiele prób. Problem stanowi nasz rdzeń trytowy. Po dwóch tysiącach lat jest na wyczerpaniu i pozwala tylko na niewielkie wykorzystywanie na terenie obiektu – wyjaśnił Kognitywny.

– Rozumiem, że nie macie zapasowego?

– Cóż, takie rdzenie należą do rzadkości. Swego czasu na tej planecie znajdowały się tylko trzy, po jednym na każdy obiekt. Jeden kilka wieków temu przestał działać, nasz także powoli się wyczerpuje.

– A co z trzecim? – chciałem wiedzieć.

– Obawiam się, że nikomu nie udało się go namierzyć. Ktoś obecnie działa w terenie, ale nie mamy większej nadziei na dokonanie odkrycia.

Nie mogłem w to uwierzyć. W tym świecie znajdowały się jednocześnie trzy rdzenie trytowe. Trzy. Ileż się musiałem nastarać, aby zdobyć choć jeden. Skoro taki rdzeń nadal był na tej planecie, choćby częściowo funkcjonujący, Unia zrobi wszystko, by trafił w jej łapska. Kolejny powód, dla którego należy wyłączyć ten sygnał.

– Aby nawiązać połączenie ze statkiem, będziecie musieli wrócić na powierzchnię, co jednak nie powinno stanowić problemu – powiedział Janus.

– Ale dotarcie tutaj zabrało nam kilka godzin.

Karin rozmawiała właśnie z Abigail, lecz słysząc moje słowa, ożywiła się.

– Mamy inne sposoby przemieszczania się – oświadczyła.

Odwróciłem się w jej stronę.

– Och? Znacie szybszy sposób na wydostanie się stąd?

– Oczywiście. Chyba nie sądzisz, że regularnie korzystamy z tych tuneli? – zapytała i zachichotała. – Widzieliście, jak bardzo są niebezpieczne.

– Co w takim razie robiła tam twoja matka? – zapytała Abigail.

– Prowadziła poszukiwania. Matka nie znosi bezczynnie siedzieć. Twierdzi, że zapewnia jej to rozrywkę.

– Rozrywkę? – powtórzyłem. – Nie wiedziałem, że walka z mięsożernymi potworami to to samo, co robótki ręczne.

Karin się roześmiała.

– Na pewno jej to przekażę.

Janus machnął nadgarstkiem i na ekranie pojawił się, jak zakładałem, plan całego obiektu. W jednym miejscu migało czerwone światełko.

– To nasza obecna lokalizacja – wyjaśnił, nim zdążyłem go o to zapytać. – Będziecie chcieli kierować się w tę stronę.

Od punkciku zaczęła odchodzić linia ciągnąca się przez kilka korytarzy, prowadząca na powierzchnię.

– Zaprowadzę was – powiedziała Karin.

– Dlaczego? – zapytałem. – Nie wydaje się to daleko.

– Będziemy musieli przejść przez tunel – wyjaśniła. Podeszła do ekranu i wskazała na lukę między przejściami. – Tutaj. Nie spodziewam się zagrożenia, ale nigdy nic nie wiadomo.

– To najbezpieczniejsza trasa? – chciała wiedzieć Abigail.

– Najlepsza, jaką mamy – odparł Janus. – Swego czasu było wiele tuneli, których szponiarze unikały, ale na przestrzeni ostatniej dekady robią się coraz bardziej ciekawskie. Coś mi mówi, że ich główne źródło pożywienia dokonało migracji.

– Skupmy się na naszym powrocie do statku – rzuciłem niecierpliwie.

– Oczywiście – zgodził się Kognitywny.

– Spotkamy się w holu, kiedy będziecie gotowi. – Karin otworzyła drzwi. – Muszę zebrać parę osób.

– Mogę iść z tobą? – zapytała Abigail. – Chętnie ich poznam, nim wyruszymy w drogę.

Wyszły razem, zostawiając mnie sam na sam z Janusem. Przez chwilę milczał, by w końcu rzec:

– Kapitanie, nim pójdziecie, mam jedną prośbę.

– Jakżeby inaczej – mruknąłem. – O co chodzi?

– Jesteście pierwszymi gośćmi na tej planecie od niemal dwóch tysiącleci. Dlaczego? – zapytał.

– Dlaczego? – powtórzyłem. – Pewnie dlatego, że znajdujecie się na totalnym zadupiu. Nie prowadzi tu żaden bezpośredni tunel. Znaleźliśmy was tylko dlatego, że przypadkiem wypadliśmy z tunelu.

– Bezpośredni tunel? – zapytał. – Nie jestem pewny, czy rozumiem.

Oparłem się o stół i westchnąłem.

– Aby podróżować przez galaktykę, stare ziemskie statki potrafiły tworzyć tunele. Przypuszczalnie wie pan o tym, natomiast może nie wiedzieć pan tego, że umożliwiająca to technologia przepadła. Kiedy Ziemię opuściły pierwsze statki z kolonistami, stworzono sieć tuneli ślizgu, z których korzystamy od tamtej pory. Powodem, dla którego nikt nie natknął się na tę planetę, jest fakt, że nie istnieją tunele łączące was z nami. Tak to przynajmniej rozumiem.

– Interesujące – orzekł Kognitywny. – Wspomniał pan, że wypadliście z takiego tunelu. Uległ przerwaniu?

– Ktoś nas zaatakował i wpakował do tunelu bombę, przerywając go przed nami – wyjaśniłem.

– Ach. – Pokiwał głową. – Rozumiem. Ale to oznacza, że nasz system jest znowu połączony z resztą galaktyki, prawda? Wasi ludzie i moi.

– Jak to? – zapytałem.

– Ten tunel, z którego wypadliście. Jest teraz otwarty i może tu przybyć więcej osób. – Potrząsnął nadgarstkiem i na ekranie pojawiła się planeta cała spowita w biel. – Jakich ma pan wrogów, kapitanie? Powinniśmy się niepokoić?

Zawahałem się, nie wiedząc, jakiej udzielić mu odpowiedzi.

Oczywiście, że powinien się niepokoić. Unia i Sarkonianie byli śmiertelnie niebezpieczni. Zabiją wszystkich albo schwytają, zrabują całą tutejszą technologię i zrównają to miejsce z ziemią, a to wszystko w imię zdobycia lepszej broni i szansy na stworzenie rzekomych superżołnierzy.

– Tak – przyznałem w końcu. – Powinniście.

– W takim przypadku, kapitanie Hughes, uważam, że powinniśmy omówić dalsze działania. Zgadza się pan ze mną?

– Najpierw to, co najważniejsze – odparłem. – Muszę przerwać ten sygnał.

– Ma pan na myśli wiadomość ostrzegawczą? – zapytał Janus.

– Tę, która mnie tu sprowadziła? Owszem.

– Rozumiem. Martwi się pan, że mogą ją wykryć inni i się tu zjawić.

Kiwnąłem głową.

– W tej wiadomości wspomina się o Ziemi. Tylko dlatego tu trafiłem. Jeśli szybko tego nie uciszymy, może was znaleźć Unia, a naprawdę tego nie chcecie.

– A właściwie dlaczego? Co czyni ich innymi od was?

– Wasi ludzie różnią się od pozostałych w galaktyce – wyjaśniłem. – Są wyjątkowi.

– W jakim sensie? – zapytał.

– Karin i pozostali są Wiecznymi – odparłem. – Bo tak jest, prawda? Biała skóra, niebieskie oczy, szybkie zdrowienie, perfekcyjne geny. Nie jestem naukowcem, ale tak to rozumiem.

– Odrobił pan lekcję, kapitanie – stwierdził Kognitywny.

– Możliwe.

Uśmiechnął się.

– Obawiam się, że moi ludzie nie są tymi, za których ich pan uważa. Nie mają już perfekcyjnego DNA swoich przodków.

Prawdę mówiąc, wprost przeciwnie. Średnia długość ich życia wynosi sto pięćdziesiąt lat. W porównaniu z Przelotnymi ich zdolność zdrowienia jest nieco ponad przeciętna. Mało mają wspólnego z Wiecznymi. Być może plasują się gdzieś pośrodku.

Zawahałem się.

– Ale wszyscy są albinosami.

– Wygląd pozostał, natomiast reszta z czasem osłabła – wyjaśnił. – Lucia ma sto sześćdziesiąt lat i jest tutaj najstarsza, nie spodziewam się jednak, aby żyła jeszcze dłużej niż kilka dekad.

– To i tak dużo – burknąłem.

– Ile wynosi przeciętna długość życia pańskich ludzi, kapitanie?

– Sto lat, jeśli mamy szczęście. Sto trzydzieści, jeśli ma się pieniądze na części zamienne i terapię genową.

– Szkoda. – Pokręcił głową. – Spodziewałem się, że do tego czasu nawet Przelotni znajdą sposób na wydłużenie życia do ponad stu pięćdziesięciu lat.

– Proszę dać im czas. Gdy tylko Unia znajdzie to miejsce, umieści wszystkich tych ludzi w laboratoriach i rozbierze ich na czynniki pierwsze.

– Wobec tego postarajmy się uniknąć takiej ewentualności – stwierdził Janus. – Co pan na to?

Korytarz był wilgotny i zimny, podobnie jak pozostała część tego okropnego miejsca. Nie wyobrażałem sobie mieszkać tutaj choćby przez jeden dzień, nie mówiąc o całym życiu.

Karin i Abigail szły przede mną, za nami zaś podążała spora grupa. Mężczyźni i kobiety, odziani we fragmenty metalowych zbroi, każdy z laską w ręce. Co myśleli na mój temat? Wyglądałem dla nich dziwnie, tak jak oni dla mnie? Jak często mieli okazję widzieć kogoś, kto nie ma bladej skóry i białych włosów? Przypuszczalnie mieli mnie za dziwadło.

„Tak pewnie czuje się Lex", pomyślałem. „A może jest jeszcze za mała, aby to rozumieć".

Na końcu szła Lucia z laską w ręce. Otaczała ją aura milczącej wojowniczki, starej wojowniczki z dawno zapomnianej wojny.

Przypuszczałem, że nigdy nie brała udziału w wojnie, nie w tradycyjnym znaczeniu tego słowa, ale pewnie miała sporo ofiar na sumieniu. Nie miałem wątpliwości, że w jej oczach żyją duchy.

Karin stanowiła jej przeciwieństwo – była młoda i choć zapewne też nieraz brała udział w walce, nie była tak zblazowana jak matka. Taka postawa wymagała czasu. Jeśli spędzi na tej planecie resztę swojego życia, możliwe, że też się taka stanie. Szkoda.

„Szkoda", pomyślałem, powtarzając w głowie to słowo. „Zaczynam brzmieć jak Freddie. Ten sentymentalny drań ma teraz pewnie radochę".

Janus poprosił mnie, abym pomógł tym ludziom, abym znalazł sposób na wydostanie ich z tej planety, ale dopóki nie zapewni mi jakiegoś konkretnego rozwiązania, niewiele mogłem zrobić. A mimo wszystko chciałem im pomóc. Czułem się trochę odpowiedzialny za to, co może się wydarzyć, jeśli zjawi się tu Unia, ale nie byłem w stanie rozwiązać wszystkich problemów.

Poza tym sam miałem się czym martwić. Tytan nadal nas pewnie szukał. Jeśli wkrótce się nie zjawi, będzie mi potrzebny inny plan, a nie siedzenie na tyłku na tej zapomnianej przez wszystkich planecie i czekanie na śmierć.

– Trzymajcie się razem – odezwała się Karin. Popatrzyła na Abby, a potem na mnie. – W środku będziecie bezpieczni.

– Spodziewasz się ataku? – zapytała Abby.

– Zawsze. Tylko w taki sposób da się tu przeżyć.

– Wobec tego prowadź – rzekłem do niej.

Zimne, metalowe ściany wkrótce zastąpił lód. To było to samo, co zobaczyłem po wyjściu z magazynu na górnym poziomie, niewątpliwie stworzone przez szponiarzy.

Ale skoro te stworzenia były takie sprytne, to dlaczego do tego czasu nie przypuściły ataku na tych ludzi? Nie potrafiły się przedrzeć przez pewne obszary? Czy ten obóz, w którym mieszkali Karin i jej ludzie, zapewniał bezpieczeństwo?

Odsunąłem od siebie tę myśl i próbowałem się skupić na tu i teraz. Będę miał mnóstwo czasu na rozmyślania później, kiedy nie będzie to już takie niebezpieczne.

Gdy weszliśmy do kamiennego tunelu, Karin uniosła dłoń zwiniętą w pięść. Zatrzymała się. My także i obserwując ją, czekaliśmy. Po chwili opuściła rękę i ruszyła przed siebie, a my w ślad za nią.

Szliśmy ponad godzinę, powoli i ostrożnie. Te zwierzęta mogły być dosłownie wszędzie, co oznaczało, że przez cały czas musieliśmy zachowywać czujność. Co rusz słyszałem jakieś dźwięki, rozlegające się w jaskiniach i tunelach. Stukanie, ciche i dobiegające z daleka, które mogło oznaczać dosłownie wszystko… albo nic. Słyszałem to przez całą drogę ku powierzchni. Jestem pewny, że gdybym musiał tu zostać i mieszkać już zawsze, w otoczeniu tych odległych, to postradałbym zmysły.

Gdy w końcu dotarliśmy na powierzchnię, jedynym, o czym marzyłem, było wyjście spod ziemi.

9

Gdy tylko wyszliśmy z, jaskini usłyszałem znajome kliknięcie w komunikatorze.

– Proszę pana, to pan? – rozległ się moim uchu głos Sigmonda. – Wykrywam pański przekaźnik. Słyszy mnie pan?

– Siggy! – wyrzuciłem z siebie. Ależ poczułem ulgę na dźwięk jego głosu. – Sorki, że musiałeś tak długo czekać.

Abigail i Karin spojrzały na mnie, pewnie zaskoczone moim nagłym wybuchem.

– Na co się gapicie? – zapytałem ich, unosząc brew. – No dobra, Siggy, nic nam nie jest. Znaleźliśmy sobie nowych kumpli, ale już wracamy. Powiedz Freddiemu, aby czekał na mnie w ładowni.

– Doskonale, proszę pana. Mam przygotować kawę? – zapytała AI.

– Poproszę – odparłem, wyobrażając sobie ciepły, aromatyczny napój. Do ust napłynęła mi ślinka.

Zbuntowana Gwiazda czekała dokładnie tam, gdzie ją zostawiłem – pośrodku białego pola, przysypana białym puchem.

Drzwi windy się opuściły i wbiegłem do środka. Freddie zbiegał właśnie po schodach. Nie mogłem pozwolić, aby Karin i pozostali czekali na tej śnieżycy, więc zaprosiłem ich do wewnątrz.

– Witamy z powrotem, kapitanie. – Na twarzy Freddiego malowała się ulga.

Za nim, u szczytu schodów, stała Dressler.

– Kim… Gdzie pan znalazł tych ludzi? – zapytała, przyglądając się ekipie Karin.

Białowłosi tubylcy stanęli obok promu z Tytana, który zaparkowałem tutaj po ostatniej bitwie. Nie miał już zasilania, gdyż znajdowaliśmy się za daleko od Atheny i jej Księżyca, więc dopóki Tytan po nas nie wróci, prom ten był jedynie kupą złomu.

– Znalazłem ich w jaskiniach – rzekłem do Dressler i zacząłem wchodzić po schodach.

Nie spuszczała z nich wzroku. Z pewnością zdążyła już dostrzec to, co oczywiste: że wyglądali zupełnie jak Lex i Athena – białe włosy, niebieskie oczy i blada skóra. Może nawet udało jej się wypatrzyć tatuaże. Ta kobieta była bardziej spostrzegawcza, niż dawała to po sobie poznać. Szkoda, że nigdy nie została Renegatem.

– Podoba ci się ten widok? – zapytałem, podszedłszy do niej.

W końcu spojrzała na mnie.

– Czy ci ludzie…

– Zostawmy te teorie na czas, kiedy będziemy sami, doktorko – szepnąłem, wskazując na drzwi.

Kiwnęła powoli głową. Lata pracy w unijnym laboratorium

i towarzyszące temu tajemnice zrobiły swoje. Dressler wiedziała, kiedy się przymknąć.

– Zostańcie tutaj – rzuciłem do tubylców, gdy znaleźliśmy się w saloniku. – Starajcie się niczego nie dotykać.

– To wasz statek? – zapytała Karin. – Dziwny.

– Chyba chcesz powiedzieć, że lepszy – stwierdziłem.

– Nie chodzi o to – zaprotestowała. – Po prostu wygląda zupełnie inaczej od tego, co mamy. Na przykład to. – Wskazała na ekspres do kawy. – Co to takiego?

Jej słowa sprawiły, że serce mnie zabolało. „Ty biedaczko”, pomyślałem.

– Później ci pokażę – rzekłem.

Abigail opierała się o ścianę obok kanapy.

– Zostanę tu z nimi, a ty w tym czasie streść wszystko Frederickowi i Dressler.

– Skoro chcesz – odparłem i wzruszyłem ramionami.

Żołnierze Karin zajęli miejsca na kanapie i krzesłach. Domyślałem się, że mają problem z ogarnięciem tego wszystkiego, przypuszczalnie dlatego, że nie była to gigantyczna lodowa dziura w ziemi.

Zabrałem Freddiego i Dressler do kokpitu i zamknąłem za nami drzwi. Wyczuwałem ich konsternację, a na twarzy Freda widać było oszołomienie.

– Zanim mnie zapytacie odpowiedź brzmi: nic mi nie jest – rzuciłem, opierając się o ścianę.

– Nie o to zamierzałam zapytać – oświadczyła Dressler.

– Och. – Ściągnąłem brwi. – A ja myślałem, że się o mnie martwisz.

Zignorowała mój sarkazm.

– Chcę wiedzieć, skąd są ci wszyscy ludzie, dlaczego wyglądają tak, a nie inaczej i dlaczego przyprowadził ich pan na statek.

– Sporo tych pytań – mruknąłem.

– To może zacznie pan od początku? – zasugerowała. – Co się stało, kiedy weszliście do jaskini?

Gdy skończyłem swoją opowieść, Dressler i Freddie wpatrywali się we mnie bez słowa.

– No co? – zapytałem. – Nie podobała wam się moja historia?

– Twierdzi pan, że grasują tam ślepe zwierzęta zdolne do przebicia się przez litą skałę – powiedziała Dressler. Na jej twarzy malowało się niedowierzanie. – I że to genetycznie zmodyfikowani ludzie powstali z eksperymentów przeprowadzanych setki lat temu?

– Mniej więcej – przytaknąłem.

– Cóż, to szaleństwo. – Przewróciła oczami.

– Wiesz, można by sądzić, że jak na osobę, która pół życia spędziła w laboratorium, zachowasz większą otwartość umysłu – stwierdziłem.

– I właśnie dlatego powątpiewam w pańską opowieść, kapitanie – oświadczyła Dressler. – Ale coś panu powiem. Jeśli to, co pan twierdzi, jest prawdą, a ci ludzie nie kłamią, zmienia to wszystko, w szczególności w kwestii tych zwierząt.

– Jak to? – zapytał Freddie.

– Cóż, mówimy o ludziach stworzonych metodami inżynierii genetycznej, tak? To sugeruje, że mogą mieć podstawowy poziom inteligencji. Ważniejsze jest jednak pytanie, co mogłaby zrobić Unia, gdyby natrafiła na takie stworzenia.

– Pewnie by się z nimi rozprawiła – odparłem.

Kiwnęła głową.

– Pozostaje także kwestia całej rasy ludzi na tej planecie, zdających się mieć szczególne geny, które do tej pory widziano jedynie w DNA pewnej dziewczynki. – Odchrząknęła.

– Zaskoczyłaś mnie, doktorko – stwierdziłem, bacznie jej się przyglądając. – W końcu odsuwasz od siebie to unijne pranie mózgu?

– Wcale nie wyprano mi mózgu, kapitanie – fuknęła. – Mam po prostu świadomość tego, jak zapamiętałe bywa wojsko. Chcą lepszych żołnierzy, więcej danych i potężniejszej broni. Zrobią wszystko, co tylko trzeba, aby ją zdobyć, nawet jeśli oznacza to zabicie tych wszystkich ludzi.

Musiałem przyznać, że te słowa mnie zdziwiły. Wydawała się chłodną naukowczynią. Osobą, która nie miałaby problemu z przeprowadzaniem eksperymentów na żywym organizmie, jeśli to by pomogło posiąść lepszą wiedzę.

– Wiem, jak bardzo zdesperowany jest rząd, aby zdobyć dodatkowe zasoby. Unii, jak każdemu innemu wielkiemu rządowi, zależy na zabezpieczeniu swoich granic i ochronie obywateli. Coś takiego wymaga szukania i zdobywania wszelkich możliwych narzędzi. – Westchnęła. – Nieszczególną sympatią darzę tę wojenną machinę, mimo roli, jaką w niej odgrywałam. Przemoc bywa konieczna, ale jeśli mogę jej uniknąć, chętnie to robię.

Skrzyżowałem ręce na piersi.

– Co próbujesz powiedzieć?

– Że czasami żołnierzy potrafi ponieść – rzekła w końcu. – Przestają myśleć o długofalowych konsekwencjach i skupiają się na teraźniejszości. Ja jednak kieruję się obiektywizmem i w tej chwili widzę grupkę ludzi, którzy nie zasługują na to, aby pokrojono ich ciała w laboratorium.

Przez chwilę jej się przyglądałem. Wyglądało na to, że Dressler nie jest głupia. Pewnie, pozostawała lojalna wobec Unii, ale przynajmniej miała na tyle rozumu, aby widzieć niebezpieczeństwo.

– Chcesz powiedzieć, że mi pomożesz? – zapytałem.

– Jeśli to oznacza uratowanie tych ludzi, będzie to moim obowiązkiem – odparła. – Nie zrobię tego dla pana ani dla Unii, lecz dla *nich*.

– Mnie to pasuje.

Uznałem, że dobrym pomysłem będzie wprowadzenie Siggy'ego do sieci i ściągnięcie wszystkich informacji dostępnych w obiekcie.

– Nie powinno to stanowić problemu, proszę pana – powiedział Sigmond. – Potrzebuję jedynie kilku stacji wzmacniających sygnał między Zbuntowaną Gwiazdą a interfejsem tamtej sieci.

– Iloma dysponujemy? – zapytałem.

– Ośmioma – poinformował mnie Siggy.

Klasnąłem w dłonie.

– To pewnie wystarczy.

Freddie stał obok mnie, słuchając całej rozmowy i czekając na rozkazy.

– Jestem zaskoczony, że ma pan coś takiego na statku – rzekł po chwili.

– Zdziwiłbyś się, ile razy muszę w swojej pracy radzić sobie z tego typu gównem – wyjaśniłem. – Zaledwie pięć miesięcy temu ukradłem dane dealerowi broni, także wykorzystując wzmacniacze sygnału. Oczywiście nie miałem wtedy na głowie tych popierdolonych zwierząt ani albinosów, no ale jednak.

– No to się cieszę, że wie pan, co robi, kapitanie – stwierdził Freddie.

– Ja? – Otworzyłem szafkę i wyjąłem z niej kilka wzmacniaczy.

– Idziesz ze mną. A może sądziłeś, że będziesz mógł siedzieć sobie tutaj przez cały czas i nic nie robić?

Wyglądał na zaskoczonego.

– Ja… eee… myślałem, że nie chce pan, abym przeszkadzał.

– Przeszkadzał? – Wepchnąłem wzmacniacze do torby i wręczyłem ją Freddiemu. – Ktoś musi to nieść. Nie żartowałem z tymi szponiarzami, Fred. Muszę mieć w ręce broń.

Przełknął ślinę.

– D-dobrze.

Otworzyłem kolcjną szafkę, wyjąłem z niej karabin i podałem Freddiemu.

– Na wszelki wypadek – wyjaśniłem.

– No tak. – Przełożył go sobie przez ramię. – Postaram się nie zawieść.

10

Gdy ja i Freddie byliśmy już gotowi, poleciłem Abby i Karin, aby zebrały wszystkich na górnym poziomie ładowni.

Naturalnie uzupełniłem wykorzystaną wcześniej amunicję. Abby zrobiła to samo – wymieniła magazynki, a nawet zastąpiła pistolet karabinem. Jeśli dojdzie do spotkania z kolejnym szponiarzem, będzie nam potrzebna każda dostępna broń.

– Na pewno chcecie znowu tam zejść? – zapytała Karin. – Moi ludzie mogą nie być w stanie ochronić was wszystkich. – Zerknęła na Freddiego.

– Damy sobie radę – zapewniłem ją. – Poza tym Janus obiecał, że zajmiecie się moją załogą, więc lepiej nie nawalcie.

– Rzeczywiście wspomniał mi, że tak mówił – przyznała. – Podał mi także powód, dla którego musicie tam wrócić.

– W takim razie wiesz, co się znajduje na szali.

Kiwnęła głową.

– Bezpieczeństwo moich ludzi, któremu zagrażacie swoją obecnością.

- Jeśli chcesz, to mogę od razu stąd odlecieć. Zobaczymy, kto jeszcze się zjawi. Może okaże się miły. Kto wie?

- Spokojnie, Jace – powiedziała Abigail, podchodząc do mnie. – Rób co trzeba i nie zachowuj się przy tym jak dupek.

- Uważaj, kogo nazywasz dupkiem – warknąłem.

Kilka minut później razem z Dressler, Freddiem i Abigail dołączyłem do tubylców czekających na dworze. Wszyscy byliśmy gotowi i uzbrojeni z wyjątkiem Dressler, której nadal nie do końca ufałem. I coś mi mówiło, że ona to rozumie. Bądź co bądź doktorka mnie także nie ufała.

Poleciłem Siggy'emu zamknąć drzwi i zapieczętować statek. Gdyby coś poszło nie tak i nie wrócilibyśmy w ciągu dwudziestu czterech godzin, Sigmond miał moją zgodę na wylot w kosmos i czekanie, aż Athena pojawi się na pokładzie Tytana.

Nie znosiłem czynić tego typu planów. Zawsze oznaczało to, że muszę brać pod uwagę ewentualność, że nie wrócę.

Powoli przedzieraliśmy się przez śnieżne zaspy. Zimny wiatr szczypał mnie w policzki i wcale mi się to nie podobało.

Wkrótce po wejściu do jaskini, tą samą drogą, którą wcześniej obraliśmy z Abigail, spojrzałem na Karin i zapytałem:

- Jak często tu przychodzicie?

- Właściwie nie ma już takiej potrzeby – odparła. – Do tego czasu wszystkie cenne zapasy zostały już zabrane. Musieliśmy rozszerzyć nasze poszukiwania na komory zewnętrzne, aczkolwiek nawet one zapewniają coraz mniej materiałów.

- Tak już bywa, kiedy przez setki lat próbuje się żyć z tego, co pozostało.

- Możesz wierzyć lub nie, ale swego czasu ten obiekt pełen był wysoce zaawansowanego sprzętu. Janus pokazał mi zdjęcia i nagrania i wygląda to naprawdę niewiarygodnie.

– No tak, tyle że nie został po tym nawet ślad – stwierdziłem
i w tym momencie weszliśmy do pierwszego magazynu.

Abigail zeszła po drabinie, za nią Freddie i Dressler, na końcu
zaś ja. Widać było, że doktorkę aż kusi, aby dokonać eksploracji,
tyle że nie było takiej potrzeby.

– Nie ma tu nic ciekawego – rzekłem do niej. – Lepsze rzeczy
znajdują się tam. – Wskazałem na otwór w ścianie.

Zatrzymała się i na widok zniszczonej ściany z cegieł i metalu
otworzyła szeroko oczy.

– Zrobiło to jedno z tych stworzeń?

– A jak ci się wydaje? – zapytałem, po czym minąłem
ją i wszedłem do tunelu.

Niemal czułem unoszący się w powietrzu strach, którego źró-
dłem byli głównie Dressler i Freddie. Na pewno niepokoiło ich to,
na co możemy natrafić, ale dzięki obecności tak wielu żołnierzy
byłem przekonany, że nie ma się czym martwić.

Po jakimś czasie Karin poinformowała mnie, że zbliżamy się
do legowisk szponiarzy. Znajdowaliśmy się także blisko tych dzi-
wacznych stosików kości, na które natrafiłem poprzednio z Abby.

– Zachowajcie czujność – rzekła, patrząc na swój zespół. –
Oczy i uszy miejcie otwarte.

Wkrótce dotarliśmy do kości, lecz tym razem wyglądało to inaczej. Tym razem wiele kopczyków zostało rozwalonych.

Z miny Karin wywnioskowałem, że to coś wyjątkowego,
a możliwe, że nawet niedobrego. Nie odezwała się ani słowem,
więc sam także milczałem, nie byłem jednak idiotą. Wiedziałem,
że nie jest to normalne.

Karin zacisnęła mocniej dłoń na swojej lasce. Szliśmy szybko
i wkrótce dotarliśmy do sekcji z podświetlonymi konsolami.

Do tego czasu rozmieściliśmy z Freddiem pięć z siedmiu

wzmacniaczy sygnału, pomiędzy skałami lub pod ścianą. Miałem nadzieję, że nie wypatrzą ich żadne z przechodzących tamtędy zwierząt.

– Wysyłam sygnał weryfikacyjny, proszę pana – odezwał się Sigmond.

Robił to regularnie co kilka minut.

Nic nie powiedziałem, poczułem jednak ulgę, że połączenie nie zostało zerwane. Jeszcze trochę i ogarniemy ten bajzel raz na zawsze.

W tym momencie poczułem, jak jakaś dłoń chwyta mnie za ramię. Odwróciłem się i napotkałem spojrzenie Dressler. Usta miała otwarte, jakby zamierzała coś powiedzieć, a pomimo zimna z czoła kapał jej pot. Uniosła palec do ust, a następnie do ucha.

Nic nie słyszałem. Ani ja, ani nikt inny. A przynajmniej na razie. Już-już miałem zapytać, o co jej chodzi, kiedy nagle usłyszałem gdzieś w tunelu brzęk.

Wszyscy zesztywnieli, ale szybko unieśli swoją broń, celując z niej w stronę źródła dźwięku.

Staliśmy w bezruchu, wstrzymując oddech.

Echem w ciemności rozległ się kolejny dźwięk, podobny do pierwszego.

W tym momencie poczułem, jak ziemia drży, tak samo jak ostatnim razem, kiedy zobaczyłem szponiarza. Zacisnąłem dłoń na karabinie.

Wpatrując się w lufę, celowałem w krawędź ściany, blisko tunelu. Pojawił się cień, przesuwający się powoli po najdalszej ścianie, kiedy zwierzę wyszło zza rogu. Zobaczyłem białe futro i czarny nos. Stworzenie okazało się małe, miało długie uszy i wibrysy. Odbiło się na tylnych łapach, po czym na nasz widok się zatrzymało.

Poczułem, jak wszystkich opuszcza napięcie. Odetchnęliśmy z ulgą.

Jeden z żołnierzy zaśmiał się nerwowo.

– To tylko synx – powiedział.

Małe stworzenie oddało kolejny skok, poruszając przy tym nosem i wibyrysami.

Nim zdążyłem zapytać, czym, u licha, jest synx, ziemia znowu zadrżała.

Z pomieszczenia znajdującego się przed nami dobiegł jakiś pomruk.

Powoli się odwróciłem, mając nadzieję, że się mylę.

Ujrzałem martwe oczy, a raczej ich brak. W drzwiach stał pochylony szponiarz.

Nie odrywając wzroku od potwora, dotknąłem ramienia Abigail. Odwróciła się z wyrazem przerażenia na twarzy.

Karin uniosła rękę i wszyscy czekali.

Potwór zastrzygł uszami.

Opuściła rękę i w tym momencie żołnierze wystrzelili, trafiając w zwierzę.

Szponiarz zawył i ruszył do ataku, przejeżdżając długimi szponami po metalowej podłodze.

Wycelowałem w niego i wypuściłem z karabinu serię pocisków. Tylko kilka przebiło jego grubą skórę.

Mimo tych wszystkich strzałów szponiarz nacierał na nas, warcząc i plując śliną.

Bok zwierzęcia przeszył nagły podmuch niebieskiej energii. Na zimną podłogę wylały się wnętrzności i krew.

Jej krople opryskały mi twarz, zignorowałem to jednak i skupiłem się na przeładowywaniu broni. Zwierzę głośno zawyło, wypełniając tym dźwiękiem całe pomieszczenie. Mogłem sobie tylko wyobrazić, jak wiele jego ziomków usłyszało ten hałas.

Szponiarz się przewrócił i wbił szpony w ziemię, a następnie zatoczył nimi łuk, z pewnością czując frustrację. Zahaczył łapą o jedną z konsoli i wyrwał ją z ziemi, po czym cisnął przed siebie.

Lucia zrobiła krok w jego stronę i oddała ostatni strzał. Trafiła zwierzę prosto w brzuch, w końcu je zabijając.

Radość ze zwycięstwa nie trwała długo. Ze wszystkich stron zaczęły dobiegać kolejne krzyki.

– Musimy się stąd wynosić! – warknąłem, wiedząc, co się stanie, jeśli tu zostaniemy.

– Dokąd?! – zapytał Freddie.

Karin wskazała na kierunek, z którego nadszedł szponiarz.

– Tam! Szybko!

Nikt nie zaprotestował. Wszyscy wbiegliśmy do następnego korytarza. Za nami słyszałem dudnienie, a podłoga pod naszymi nogami drżała. Puściłem pozostałych przodem. Gdy minęli mnie Freddie i Lucia, odwróciłem się i ujrzałem, że tam, gdzie znajduje się to małe zwierzę, pojawia się kilka cieni. Chwilę później zza rogu wyłonił się pierwszy szponiarz, za nim zaś dwa kolejne.

Bestia chwyciła zębami podskakujące stworzenie i rozległ się głośny trzask. Po pysku i szyi płynęła mu krew, gdy tak stał z przechyloną głową i pustym wyrazem martwych oczu.

Puściłem się biegiem, by znaleźć się jak najdalej od rozgrywającego się za mną koszmaru.

Potwory zawyły, wypełniając tunele echem przyprawiającym o gęsią skórkę. Gdy ruszyły w naszą stronę, ziemia zadrżała. Miałem wrażenie, że cała ta konstrukcja zaraz się zawali, nie oglądałem się jednak.

Jeden z żołnierzy w pośpiechu potknął się i przewrócił.

O mało na niego nie wpadłem, ale w ostatniej chwili udało mi się go ominąć. Chwyciłem go za ramię i pociągnąłem.

– Wstawaj! Wstawaj! – krzyknąłem. – Ruchy!

Po chwili dołączył do pozostałych i razem wbiegliśmy do kolejnego pomieszczenia. Karin trzymała już ręce na drzwiach, gotowa je zamknąć, gdy tylko wszystko znajdą się w środku.

Pomogłem jej pchać. Zwierzęta biegły w naszą stronę, wydając mrożące krew w żyłach okrzyki. Nim zdążyłem zamknąć drzwi, mignęła mi twarz szponiarza, na tyle blisko, że gdybym wyciągnął rękę, tobym jej dotknął.

Drzwi zamknęły się z głośnym stuknięciem i światło na panelu stało się czerwone. Zwierzęta waliły w metal ciężkimi łapami.

– One nie wytrzymają! – zawołała Lucia.

– O czym pani mówi? – zapytała Dressler. – Nie widziała pani, jakie te drzwi są grube?

– Niewystarczająco! – warknęła Abigail, która miała okazję widzieć, do czego są zdolne te bestie.

– No właśnie – przyznała Karin. – Idziemy dalej, ale już!

Tak zrobiliśmy, zostawiając zwierzęta jak najbardziej w tyle. W końcu sforsują drzwi, ale zajmie im to trochę czasu, dzięki czemu uda nam się odejść wystarczająco daleko.

Karin prowadziła nas krętym korytarzem, którym dotarliśmy do kolejnego wielkiego pomieszczenia. Tutaj akurat stało kilkanaście aktywnych urządzeń, konsol i zamrożonego sprzętu.

Sporo czasu minęło, odkąd rozstawiłem ostatni wzmacniacz, dlatego schowałem teraz jeden za stacją roboczą.

– Sigmond, słyszysz mnie?

– Tak, proszę pana – odparł nieco zniekształconym głosem.

– Niedobrze – mruknąłem, wiedziałem jednak, że nic

na to nie poradzę. Zeszliśmy tak głęboko pod ziemię, że nawet wzmacniacze nie były w stanie utrzymać wystarczająco silnego sygnału. Pozostała mi nadzieja, że ten ostatni wystarczy, kiedy już dotrzemy do celu. – Karin, daleko jeszcze?

– Korytarz albo dwa – odparła i machnęła ręką, sygnalizując tym samym, aby wszyscy ruszyli dalej.

Nagle pomieszczenie wstrząsnął głośny łomot. Zatrzymałem się i powoli obejrzałem na zamknięte drzwi.

Kolejne łupnięcie, a po nim jeszcze kilka, a każde głośniejsze od poprzedniego. Każde coraz silniej wibrowało mi w klatce piersiowej.

Po ostatnim uderzeniu drzwi się wygięły.

Kurwa.

Metal został wyrwany z zawiasów i upadł na ziemię, wzbijając przy tym tuman kurzu.

Po drugiej stronie stały cztery szponiarze, rycząc i obnażając kły. Były większe od otworu w ścianie, wiedziałem jednak, że to ich nie powstrzyma.

Zrobiłem krok w tył.

Jedna z bestii warknęła i wbiła szpony w otwór, próbując się przecisnąć. Pozostałe z wrzaskiem pchały pierwszą tak mocno, że ta zaczęła wyć z bólu.

Nie zawracałem sobie nawet głowy strzelaniem, lecz wystartowałem w przeciwnym kierunku. Biegłem jak opętany.

Wpadłem do najbliższego korytarza, ale usłyszałem za sobą dźwięk giętego metalu. Zwierzęta przedarły się przez otwór. Usłyszałem krzyki i odgłos dudniących stóp.

– Ruchy, kurwa! – wrzasnąłem, kiedy dostrzegłem przez sobą resztę ekipy.

Mieli problem z otwarciem kolejnych drzwi – bezskutecznie walczyli z elektronicznym panelem.

– Nie chcą się otworzyć! – zawołał Freddie.

– Jeśli trzeba, to wysadźcie to cholerstwo w powietrze! – krzyknąłem z odległości kilku metrów.

Z korytarzem łączył się inny, skręcający w lewo.

– Możemy pobiec tędy – upierała się Dressler.

– Zły kierunek – rzucił jeden z żołnierzy.

Nim ktokolwiek zdążył zaprotestować, panel w końcu się aktywował.

– Udało się! – stęknęła Karin.

Drzwi się rozsunęły i ludzie zaczęli wbiegać do środka.

Nim zdążyłem się ruszyć, Lucia posłała mi przerażone spojrzenie.

– Na ziemię! – wrzasnęła staruszka, unosząc swoją laskę.

Nie musiałem się odwracać, aby wiedzieć, co widzi.

Lucia oddała pojedynczy strzał, tuż nad głowy szponiarzy.

Skały zaczęły się walić, a razem z nimi metalowe wsporniki. W naszą stronę pędziła chmura kurzu, wypełniająca mi oczy i usta.

Drzwi się zatrzasnęły, a światełko na panelu z zielonego zmieniło się w czerwone, aczkolwiek chwilę później straciłem je z oczu. W powietrzu zbyt gęsto było od kurzu, aby cokolwiek widzieć.

Wokół nas nadal spadały fragmenty sufitu. Przysunąłem się bliżej ściany. W końcu hałas ucichł.

– Jace! – zawołał Freddie zza drzwi. – Kapitanie, słyszy mnie pan?!

– Słyszę! Zostańcie… – Natychmiast się rozkaszlałem i zasłoniłem usta rękawem. – Zostańcie tam!

– Matko! – krzyknęła Karin. – Matko, nic ci się nie stało?

Nachyliłem się, próbując zlokalizować Abby albo Lucię. Na ślepo macałem i moje dłonie natrafiły na duży odłamek sufitu.

– … Jace…? – usłyszałem słaby głos.

– Abby? Mów do mnie.

– Gdzie jesteś? Dlaczego nic nie widzę? – zapytała.

Podążyłem w stronę jej głosu, czołgając się po skałach i gruzie, aż w końcu dotknąłem jej ręki. Zacisnęła mi dłoń na nadgarstku i powoli usiadła.

– Nic ci nie jest? – zapytałem szybko.

– Ch-chyba nie.

Ale w jej głosie słyszałem niepewność. Potrzebowała chwili, aby wziąć się w garść.

– Nie ruszaj się – poleciłem.

Prześlizgnąłem się dłońmi po jej ciele, szukając… cóż, nie byłem pewny czego. Krwi, ran, sterczącego z brzucha metalu. Czegokolwiek, co mogłoby stanowić problem. Moje myśli biegły w stu różnych kierunkach. W klatce piersiowej buzowała mi panika, policzki płonęły żywym ogniem.

Ale nic nie znalazłem. Zalała mnie nagła fala ulgi. Podziękowałem w myślach bogom, w których nie wierzyłem.

– Zaczekaj tutaj, dobrze? – Ujałem dłonie Abby i położyłem je na jej kolanach. – Nie ruszaj się.

– Okej – mruknęła, nadal zdezorientowana.

Zacząłem się przemieszczać w stronę większej sterty skał.

– Lucia? – Nasłuchiwałem. Po krótkiej chwili ruszyłem dalej.

Z daleka dobiegł zduszony jęk, przypuszczalnie z drugiej strony tej małej lawiny. Szponiarze były albo martwe, albo ranne. Byłem pewny, że znajdą jakiś sposób, aby się przedrzeć przez gruzowisko, ale jeszcze nie teraz. Nie w sytuacji, kiedy zawaliła się połowa tunelu.

Gdzieś w chmurze osiadającego kurzu rozległ się cichy pomruk. Podążyłem w stronę tego dźwięku.

– Lucia? – zapytałem. – Słyszysz mnie?

– T-tokalo – szepnęła.

W końcu udało mi się dostrzec jakiś ruch – wynurzającą się z gruzu rękę. To była Lucia, na wpół przysypana. Obok niej leżała laska.

Gdy znalazłem się przy niej, od razu poczułem tę woń. Krew, skapująca jej z szyi i krwi na podłogę. Próbowałem nie pokazywać po sobie niepokoju.

– Tu jesteś – rzekłem.

Oblizała usta. Wypłynęła z nich krew.

– Takalo bento sin – stęknęła.

– Nie rozumiem. – Odwróciłem się w stronę drzwi znajdujących się za nami. – Znalazłem Lucię, ale mówi w obcym języku!

Przez chwilę panowała cisza.

– Karin mówi, że translator pozostaje poza zasięgiem – odpowiedział w końcu Fred.

– Dolo – mruknęła Lucia. Z kieszeni wyjęła jakieś urządzenie. To był kolejny translator. Dotknęła go, a ono się rozświetliło. Skierowała je w moją stronę. – Proszę.

– Tak lepiej – orzekłem. – Rozumiesz teraz, co mówię?

Odpowiedziała mi drżącym skinieniem głowy.

– To dobrze. – Umieściłem urządzenie w swojej kieszeni. – Postaraj się nie ruszać. Wydostaniemy cię stąd.

– N-nie ma czasu – mruknęła. – Musicie iść.

Podeszła do mnie Abby. Najwyraźniej minął szok spowodowany wybuchem.

– Lucia? – zapytała. Zaczęła coś mówić, urwała jednak, przypuszczalnie na widok stanu, w jakim była staruszka.

– Nie pójdziemy stąd – oświadczyłem.

– Szponiarze odsuną skały. One... zawsze tak robią – szepnęła Lucia.

– Mamy mnóstwo czasu, nim tak się stanie.

Pokręciła głową, po czym się rozkaszlała. Z ust trysnęła jej krew.

– M-moja laska... – Szukała na oślep obok siebie.

Podałem jej broń.

– Proszę – rzekłem.

– Dziękuję – szepnęła.

– Jace, jak ją stąd wydostaniemy? – zapytała Abby. – Drzwi są zamknięte.

– Drugi tunel – stęknęła Lucia. – Idźcie tamtędy.

– Co tam się znajduje? – zapytałem.

– Jedyna... – Jej głos zaczął słabnąć. Przymknęła oczy, jakby zasypiała, po czym znowu je otworzyła. – Jedyne wyjście stąd.

– Hej, paniusiu, masz mi nie zasypiać, okej? – rzuciłem.

– Karin – powiedziała cicho.

– Jest w sąsiednim pomieszczeniu. Zobaczysz się z nią za kilka minut.

Oplotłem dłońmi kawał skały, która spadła na brzuch staruszki. Pociągnąłem, zaskoczony jego wagą, i na szczęście udało mi się go odrzucić na bok.

Gdy zacząłem usuwać z jej nóg mniejsze fragmenty, Lucia cała się spięła.

– Musimy iść – odezwała się Abigail, wpatrując się w ścianę gruzu oddzielającą nas od zwierząt.

Po drugiej stronie słychać było skrobanie. Szponiarze znowu

były w akcji. Coś mi mówiło, że nie zaczęły jeszcze kopać, ale pewnie wkrótce do tego dojdzie. Licho wie, na co czekały, nie miałem jednak ochoty się tego dowiadywać.

– Karin, Freddie, słyszycie mnie? – szczeknąłem. – Da się otworzyć te drzwi?

– Pracujemy nad tym – odpowiedziała Dressler. – Szyfry Karin nie działają, więc próbuję rozebrać ten zamek.

– No i? – zapytałem. – Jak idzie?

– Kiepsko. W takich przypadkach jak ten zamki się blokują. Ich rozbrojenie zajmie trochę czasu.

Znowu skrobanie. Głośniejsze niż poprzednio.

– Nie mamy czasu – rzuciła Abigail.

– I nie będziemy czekać – oświadczyłem. Ująłem dłoń staruszki. – Mam nadzieję, że jesteście gotowe na to, aby się stąd wydostać.

– Dokąd idziemy? – zapytała Abby.

Zerknąłem na drugi otwór w ścianie, jedyną naszą możliwość.

– Karin, dokąd wiedzie ten drugi tunel?

Przez chwilę panowała cisza.

– Tam są rośliny – powiedziała w końcu Karin. – Istnieje tunel, którym możecie dotrzeć na powierzchnię, ale niełatwo się do niego dostać… i jest bardzo niebezpieczny.

– Będziemy musieli zaryzykować. Czekajcie na nas na górze i przynieście nosze. – Spojrzałem na Lucię. – Pora się zbierać, paniusiu.

– N-nie bądź głupi – odparła. – Zostawcie mnie tutaj i…

– Przymknij się. – Podciągnąłem ją i zarzuciłem sobie jej rękę na szyję. – Nikt z nas dzisiaj nie umrze.

11

Abigail i ja nieśliśmy razem Lucię, biegnąc przez ciemny korytarz i uciekając od szponiarzy najdalej, jak się tylko dało. Za nami słychać było odgłosy upadającego gruzu i skał. Te bestie wkrótce się przebiją na drugą stronę i wtedy nie będziemy już mieli jak ich spowolnić.

Za jednym z zakrętów zatrzymaliśmy się przed kolejnym otworem w ścianie. Zakładałem, że podobnie jak pozostałe on także był dziełem zwierząt. To oznaczało, że szponiarze mogą się znajdować dosłownie wszędzie, nie tylko za nami. Zakląłem pod nosem, ale parłem dalej, pełen determinacji, aby dotrzeć do wyjścia.

Po chwili dotarliśmy do platformy w dużym magazynie. Poświeciwszy, zorientowałem się szybko, że od tego pomieszczenia odchodzi tunel na tyle szeroki, że zmieściłyby się w nim pojazdy – coś w rodzaju podziemnej autostrady. To była jedyna droga, dlatego szliśmy dalej.

Lucia rzęziła i kaszlała. Co rusz zerkałem na jej twarz – z nosa i ust kapała jej krew.

– Niedługo cię położymy – rzekłem do niej. – Trzymaj się jakoś, dobrze?

Odpowiedział mi kolejny kaszel. Nieśliśmy ją z Abigail między sobą, co oczywiście nas spowalniało, ale nie zamierzałem zostawiać staruszki, aby się wykrwawiła w jaskini albo została rozszarpana przez stado krwiożerczych bestii. Prędzej sam bym ją zastrzelił, niż pozwolił, aby spotkał ją taki los.

Zauważyłem, że ten tunel jest dłuższy od pozostałych. Stuknąłem w ucho, próbując otworzyć kanał.

– Siggy, słyszysz mnie?

Cisza. Nie usłyszałem nawet zniekształconego głosu. Najwyraźniej znajdowaliśmy się za daleko od ostatniego wzmacniacza, a więcej ich już nie miałem. Został tylko jeden i dysponował nim Freddie.

W sumie to dobrze. Potrzebował go do wypełnienia naszej misji. Siggy będzie się musiał włamać do systemu i wyłączyć sygnał. To było najważniejsze. Gdyby Unia albo Sarkonianie wylecieli z tunelu i usłyszeli, jak ta kobieta wspomina o Ziemi, wszyscy mielibyśmy przerąbane.

Będzie mi musiało wystarczyć to, co mam. Żadnej pomocy z zewnątrz. Tylko ja, mniszka i ranna staruszka.

– Daleko biegnie ten tunel? – zapytała po kilku minutach Abby.

– Wygląda na to, że tak – odparłem. – Karin wspomniała, że dotrzemy nim do kolejnego obiektu. Przypuszczalnie jednego z tych, o których wspomniał Janus.

– Obiektu?

– Mówił, że były trzy – wyjaśniłem. – Jeden dla każdego

z głównych projektów badawczych, nad którymi pracowano, zanim to całe miejsce się zawaliło i doszło do apokalipsy.

– Już pamiętam. Jeden dla rdzeni syntezy, jeden dla fauny i jeden...

– Dla szponiarzy – dokończyłem. – A przynajmniej tak to wyszło.

I tak szliśmy tym ogromnym tunelem, niosąc ranną staruszkę. Mijaliśmy dziury w ścianie, przez które zwierzęta przebiły się z przyległych przejść. Cały czas myślałem o tym, że w każdej chwili możemy zostać zaatakowani, tak się jednak nie stało, a szponiarze jakoś za nami nie szły. Może przedarcie się przez gruzy okazało się trudniejsze, niż się spodziewałem, a może skupiły się na sforsowaniu drzwi i zaatakowaniu Freddiego i pozostałych.

Na razie jedyne, co mogłem zrobić, to iść i mieć nadzieję, że reszcie udało się jakoś uciec.

Tunel doprowadził nas do kolejnego magazynu, podobnego z wyglądu do pierwszego. Wszędzie walały się palety i popsuty sprzęt, na końcu zaś dojrzałem zamknięte drzwi. Wskazywał na to wiszący obok nich panel.

Gdy tam dotarliśmy, przyłożyłem dłoń do ściany, aktywując w ten sposób urządzenie. Moje tatuaże rozjarzyły się w odpowiedzi na niebiesko i wbiłem ten sam kod, co wcześniej Lucia.

2-0-1-1-9

Drzwi się uchyliły i doleciało zza nich ciepłe powietrze. I dziwna woń – coś jak zapach ziemi po długiej burzy.

Zignorowałem to.

– Wchodzimy – poleciłem.

Razem z Abigail weszliśmy do kolejnego pomieszczenia i zamknęliśmy za sobą drzwi.

Mój pad oświetlał nam drogę. To był jeszcze jeden korytarz, ale zupełnie inny od pozostałych. Ściany pokryte były... pnączami?

Abigail posadziła staruszkę na ziemi.

– Chwileczkę – powiedziała i przyjrzała się pnączom. – Co to ma być?

– Wyglądają na rośliny – stwierdziłem.

– Przecież widzę – burknęła. – Myślisz, że skąd się tu wzięły?

– Pytasz na serio?

– A czemu by nie?

– Poprzedni obiekt zamieszkiwały potwory w dosłownym znaczeniu tego słowa, a stało się tak dlatego, że banda naukowców zaczęła chojraczyć – oświadczyłem. – Gotów byłbym się założyć o tysiąc kredytów, że dokładnie to samo wydarzyło się tutaj.

– Mało prawdopodobne jest to, że obydwa eksperymenty wymknęły się spod kontroli.

Wzruszyłem ramionami.

– Może po tym, jak powstały szponiarze, tutaj też wszystko się spierdoliło. Nie miał kto nadzorować roślin, więc pewnie wymknęły się spod kontroli.

– W sumie miałoby to sens – przyznała Abigail.

– A obecność tych drzwi wskazuje na to, że te zwierzęta jeszcze się tutaj nie dostały. Przypuszczalnie jesteśmy bezpieczni.

– Chyba że korzystają z własnych tuneli.

– Będziemy mieć oczy i uszy otwarte – zapewniłem ją, po czym kiwnąłem głową do Lucii. – Hej, paniusiu, jakoś sobie radzisz?

– Martw się o siebie – odparła, po czym zakaszlała. – Nic mi nie jest.

– Jasne – mruknąłem i ująłem jej nogi.

Abigail wzięła ją pod pachy, unieśliśmy ją i zaczęliśmy iść.

Z każdym naszym krokiem pnącza porastające ścianę stawały się coraz gęstsze. W rogu wypatrzyłem przebijające się przez ziemię korzenie. Te rośliny musiały porastać nie tylko ściany, ale i podłogę.

Zastanawiałem się, jak bardzo są ekspansywne. Obrosły calutki obiekt? Tak to wyglądało. Pytanie, jak to możliwe, że aż tak się rozrosły bez dostępu do światła dziennego.

Nie byłem naukowcem. Nie miałem doświadczenia ani wiedzy, aby rozumieć, co to wszystko oznacza ani jak do tego doszło. Mogłem tylko przypuszczać, że jakiś naukowiec wynalazł coś, co potrafiło przetrwać w ciemności. Ba, skoro minęło tyle lat, to te rośliny może same się do tego zaadaptowały.

Ostatecznie jednak nie miało to większego znaczenia. W tej chwili musiałem się skupić na wydostaniu się stąd na powierzchnię. Moje pytania będą musiały zaczekać.

Udało nam się przejść przez dwa pomieszczenia, nim dotarliśmy w końcu do przeszkody. Drzwi prowadzące do kolejnego miejsca porośnięte były pnączami grubymi jak ściana. Nie miałem ze sobą maczety, a nie spodziewałem się, aby moja broń okazała się przydatna.

Próbowałem rozdzielić rośliny, nic to jednak nie dało. Były sztywne i ciasno ze sobą splecione.

– Cholera. – Nie wiedziałem, co zrobić.

– Nie masz noża? – zapytała Abigail.

– Pewnie, że mam – odparłem i wyjąłem dziesięciocentymetrowe ostrze. – Ale nie sądzę, aby się przydał. Godzinami będziemy się przez to przedzierać.

– Lepsze to niż nic nie robić – stwierdziła.

Lucia podniosła na nas zmęczone spojrzenie.

– Użyjcie laski.

Zerknąłem na leżącą między nami staruszkę.

– Laski? – zapytałem. – Nie wiem, jak się ją obsługuje.

– Masz oznaczenia – wyjaśniła. – Wyceluj i strzel.

Abigail skrzywiła się.

– Czy to dobry pomysł? Ostatnim razem zawalił się sufit.

– Chłopak da sobie radę – zapewniła Lucia.

Gestem pokazałem Abigail, aby się odsunęła od drzwi. Posadziliśmy Lucię na ziemi i cofnąłem się o kilka kroków, a następnie ująłem laskę w obie dłonie i stanąłem na wprost drzwi, mniej więcej w połowie pomieszczenia.

– Jesteś tego pewny? – zapytała mniszka.

Gdy tylko zacisnąłem palce na broni, rozjarzyły mi się tatuaże. W tym samym momencie małe światełko obok spustu się rozjaśniło, po czym przygasło. Wycelowałem, szykując się na odrzut, i nacisnąłem spust. Z laski eksplodowała fala energii, po czym trafiła w środek drzwi z tak ogłuszającym hukiem, że byłem pewny, że zaraz się wszystko zawali.

Kiedy jednak chwilę później kurz opadł, okazało się, że drzwi stoją przed nami otworem.

Spojrzałem na Abigail.

– Masz odpowiedź na swoje pytanie? – zapytałem. Umieściłem sobie laskę na plecach i podszedłem do Lucii. Spojrzałem na nią. – I nie nazywaj mnie więcej chłopcem, babciu, chyba że chcesz, abym cię tutaj zostawił.

Uśmiechnęła się do mnie.

– Podoba mi się twoja postawa – orzekła, po czym spojrzała na Abigail. – Masz szczęście, że jest dla mnie za młody.

Abby zamrugała.

– C-co to ma niby znaczyć?

Po jakimś czasie musieliśmy się zatrzymać. Staruszka znowu zaczęła krwawić. Zajęła się tym Abigail. Miała wystarczające doświadczenie z bandażami, aby tymczasowo rozwiązać problem, jednak na dłuższą metę to nie wystarczy.

– Muszę po prostu odpocząć – rzekła do nas Lucia. – Proszę, zatrzymajmy się i pozwólcie mi się przespać.

Dotarliśmy do miejsca, gdzie prawie nie było roślin. W sumie moglismy pozostać tu przez kilka godzin. Staruszka mogłaby odpocząć, a my w tym czasie zastanowilibyśmy się co dalej.

Sprawdziłem wszystkie drzwi i zabezpieczyłem je na wypadek, gdyby zachciało się tu wpaść szponiarzom. Zamki na szczęście nadal działały, a jako że żadne z nas nie planowało hałasować, nie spodziewałem się gości.

Wyglądało na to, że tymczasowo nic nam nie grozi, aczkolwiek nie zamierzałem tracić czujności.

– Zimno mi – szepnęła Lucia, kiedy już leżała na ziemi.

Zdjąłem skafander i położyłem go na jej klatce piersiowej.

– To cię ogrzeje – powiedziałem.

Kiwnęła głową i zamknęła oczy.

Usiadłem pod ścianą, w pobliżu jednych z drzwi. Po drugiej ich stronie Lucia już spała. Musiała być wykończona. „Twarda staruszka", pomyślałem.

Podeszła Abby i usiadła obok mnie. Metr od nas leżał pad, zapewniając blade światło. Dzięki niemu widziałem jej twarz.

– Myślisz, że uda ci się zasnąć? – zapytałem.

– Na razie nie. Najpierw muszę się uspokoić – odparła ze wzrokiem wbitym w podłogę. – Jak sądzisz, wyjdzie z tego?

– Lucia? – Zerknąłem na pochrapującą staruszkę. – Jasne. Twarda jest.

– Może. Po prostu nie chcę, aby umarła z powodu… z powodu nas.

– Nic jej nie będzie, Abby – odparłem, starając się jakoś ją uspokoić.

Oparła się o mnie i położyła mi głowę na ramieniu. W pierwszej chwili wzdrygnąłem się zaskoczony, jednak po kilku sekundach się odprężyłem. Nigdy dotąd tego nie robiła.

Pozwoliłem, aby moje spojrzenie ześlizgnęło się na jej włosy. Błyszczały w tym przyćmionym świetle, nadal piękne.

Jak to się stało, że wylądowałem w tym miejscu razem z tą kobietą? Do tej pory zawsze byłem sam, zawsze zmęczony ludźmi. Nigdy nie chciałem mieć załogi ani angażować się w problemy innych.

A mimo to siedziałem w tej jaskini, tuląc do siebie mniszkę i powtarzając jej, że wszystko będzie dobrze.

Abigail wtuliła się w mój tors. Poczułem, że tak jest dobrze, że to paskudne miejsce jest właśnie tym, w którym powinienem się teraz znajdować.

Odwróciła się i podniosła na mnie wzrok, mówiąc nim jednocześnie wszystko i nic.

Pieprzyć to.

Przycisnąłem usta do jej warg… i ku mojemu zaskoczeniu odpowiedziała na pocałunek. Objęła mnie za szyję i wsunęła palce we włosy. Z mojej głowy uleciały wszystkie myśli i zmartwienia, jakby nic innego się nie liczyło.

Tylko ta chwila. Tylko ta dziewczyna.

W końcu wtuliliśmy się w siebie, zatracając się w ciemności tego prastarego, zapomnianego przez wszystkich miejsca.

12

– Jeśli tego nie zrobię, nigdy się nie dowiem, co tam jest – oświadczyłem.

Stałem w doku przeładunkowym w stroju roboczym, jednym z trzech kompletów, jakie znajdowały się w moim posiadaniu. Dwa pozostałe miałem w torbie na ramię.

Przede mną stał Teddy w identycznym stroju. Odróżniały go jedynie złoty pasek na kołnierzyku i przypinka podkreślająca jego staż. Mieliśmy taki sam stopień, dlatego że w zespole technicznym nie dało się awansować. Chyba że kierownik umarł albo odszedł na emeryturę, ale powodzenia temu, kto na coś takiego czekał.

– Na pewno chcesz to zrobić, Jace? – zapytał mnie tym swoim chropawym głosem i położył rękę na wielkim, twardym brzuchu.

Miałem okazję widzieć zdjęcia Teda, kiedy miał tyle lat co ja, i wiedziałem, że nie zawsze tak wyglądał. Jednak kilka dekad picia zrobiło swoje. Co nie znaczy, że się tym przejmował – Teddy'emu nigdy nie zależało na wyglądzie.

– Nie mogę zostać tu na zawsze – oświadczyłem. – Bez urazy.

Zachichotał.

– Spoko, ale życie tam nie jest łatwe, a tutaj jesteśmy bezpieczni. Jeszcze dziesięć lat i przejdę na emeryturę. Nie tak źle jak na byłego kanciarza, no nie?

Teddy miał rację. Gdybym został na Talos, miałbym stabilną pracę, co wcale nie jest dane każdemu, ale pięćdziesiąt lat harówy na gównianą emeryturę jakoś mi się nie uśmiechało. Obaj z Teddym pochodziliśmy z Epsy. Zostaliśmy wysłani na Talos za pośrednictwem programów pracowniczych, każdy z innego powodu. Teddy trzydzieści osiem lat temu ukradł pieniądze, pięć lat spędził w więzieniu i jedyną robotą, jaką mógł znaleźć było sprzątanie po innych ludziach. Dzięki przyjacielowi rodziny udało mu się wkręcić do dobrej firmy, skąd w końcu wysłano go tutaj. To i tak więcej, niż mógł się spodziewać. Niewiele osób skłonnych było pomóc byłemu przestępcy.

Ze mną było inaczej. Jako nastolatek skakałem z roboty na robotę. Skończyło się to sześcioma latami w poprawczaku. Po wyjściu stamtąd oferowano mi różne podrzędne zlecenia. Kasa była mniej więcej taka sama, ale tylko jedno się wyróżniało. Tylko jedno zabrało mnie do innego świata.

Nawet jeśli oznaczało to sprzątanie kibli i przetykanie rur, przeprowadzka na Talos była krokiem we właściwym kierunku.

– Wiesz, że nie mogę tu zostać. Uzbierałem wystarczająco kasy, aby…

– Taa, wiem, mały – przerwał mi Teddy. – Nie musisz mi mówić. Twój tata był taki sam.

Kiwnąłem głową, nic jednak nie powiedziałem. Okazało się, że Teddy znał mojego ojca, a nawet zdarzyło im się razem pracować. Mój tata trafił na Talos w taki sam sposób jak ja – prom i obietnica czekającej na niego pracy. Różnica była taka, że nie pilnował priorytetów. Stracił z oczu swoje marzenie... a potem zrobił coś głupiego.

Ale taki już był mój staruszek. Zginął w bójce w barze, tutaj, na tej stacji, niech pokój będzie jego duszy. Nigdy nie opuścił nawet tego układu.

Nie zamierzałem popełnić tego błędu. Przez sześć ostatnich lat udało mi się odłożyć tysiąc kredytów – wystarczająco na nowe życie. Może i nie od razu zostanę Renegatem, ale z czasem zdobędę w końcu to, czego pragnę.

Musiałem sobie na to zapracować.

– Tylko nie daj się zabić. – Podrapał się za uchem. – I odzywaj się! Nie każ mi się zastanawiać, co się z tobą dzieje, słyszysz?

– Jutro do ciebie zadzwonię – zapewniłem go.

Zamachał rękami.

– Tylko pamiętaj, co ci mówiłem. Od razu po wylądowaniu kup sobie pistolet. Nie możesz nie mieć żadnej ochrony. Szkoda, że nie wolno ci go zabrać na statek. – Pokręcił głową.

– Pierwsze, co zrobię, to kupię broń i kluski.

Tylko częściowo żartowałem. Podobno jedzenie na Bordo było świetne, ale Teddy i ja zawsze preferowaliśmy proste dania. Nie dla nas wymyślna egzotyka. Pewnego wieczoru nad stekami za osiem kredów kazał mi obiecać, że po przylocie na miejsce zjem coś prostego. Ustaliśmy, że będą to kluski.

– Ja myślę! – wykrzyknął teraz. Zaśmiał się, trzymając się za brzuch. – Zadzwoń do mnie i daj znać, czy dobre.

Poklepaliśmy się po ramieniu, głupi gest, który podłapaliśmy od innych członków zespołu.

– Dbaj o siebie, Teddy – rzekłem do niego.

Kiwnął głową.

– Ty o siebie też, młody. Nie spieprz sobie życia.

– Postaram się.

Przerzuciłem sobie torbę przez ramię i wszedłem na rampę, on zaś odszedł na koniec doku, aby obserwować start statku. Był bardziej sentymentalny, niż przyznawał.

Udałem się do części dla pasażerów. Specjalnie się postarałem o miejsce przy oknie, aby móc widzieć swój pierwszy tunel ślizgu. Do tej pory widywałem go tylko na holograficznych filmikach, podobno jednak na żywo wyglądało to zupełnie inaczej.

Kabina była niemal pusta. Niewiele osób opuszczało Talos o tej porze roku.

Oparłem się wygodnie, rozmyślając o tym, co zrobię, kiedy dolecę na Bordo, w miejsce, gdzie czekała na mnie nowa praca. Z gal-netu wiedziałem, że to idealna miejscówka dla ludzi takich jak ja – ludzi, którzy chcieli jedynie zarabiać kasę, a nie obchodziło ich *jak* .

Im szybciej uda mi się kupić statek i brać zlecenia, tym lepiej. Tylko w taki sposób mogłem się stać pełnoprawnym Renegatem.

W końcu opuszczę ten układ – było to coś, o czym od zawsze marzyłem. Czułem mrowienie w palcach u rąk, kiedy stacja zwolniła zaciski i pozwoliła nam się oderwać od śluzy.

Zaryczały silniki i wystartowaliśmy. Obserwowałem przez okno, jak stacja robi się coraz mniejsza, a tymczasem statek kierował się w stronę wejścia do tunelu, które znajdowało się na drugim końcu układu.

Jakiś czas później zobaczyłem, jak tunel się otwiera, wpuszczając do środka inny statek. Po kilku sekundach się zamknął. Gdy się zbliżyliśmy, poczułem kolejne wibracje, kiedy aktywował się napęd ślizgowy, sygnalizując mi, że to już ten czas.

Proces podróżowania przez tunel ślizgu był czymś, co od zawsze mnie fascynowało. Czytałem o tym w gal-necie, widziałem filmy, ale wszyscy twierdzili, że trzeba to przeżyć na własnej skórze, a ja im wierzyłem.

Tunel się otworzył i zbliżyliśmy się do szczeliny. Widziałem już migającą zieleń ścian tunelu. Nachyliłem się w stronę okna, starając się nawet okiem nie mrugnąć.

Nasz statek wleciał do tunelu, zostawiając za sobą czerń kosmosu. Nagle tunel pochłonął nas całych. Wystrzeliliśmy do przodu, a ściany połyskiwały białymi błyskawicami. To była magia, prawdziwa magia.

W życiu nie widziałem nic równie pięknego.

– Spektakularne, co? – zapytał damski głos.

Siedziałem z nosem przyklejonym do szyby. Kimkolwiek była ta osoba, na pewno nie zwracała się do mnie. Byłem tutaj zupełnie sam.

– Hej, ty w kombinezonie. Nie słyszałeś mnie?

Powoli się odwróciłem. Siedziała po drugiej stronie przejścia z drinkiem w ręce.

– Co? – zapytałem niemądrze.

– Nigdy nie wiedziałeś czegoś takiego, nie? – zapytała.

Pokręciłem głową.

– Pamiętam swój pierwszy raz. – Pociągnęła łyk czegoś, co jak przypuszczałem, było jakąś odmianą martini.

– Nie wiedziałem, że w trakcie lotu można pić alkohol – rzuciłem.

Uśmiechnęła się.

– Powiedz mi: o co chodzi z tym strojem?

– To jest uniform roboczy – wyjaśniłem. – A raczej był, bo się przenoszę.

– Dokąd? Na Bordo? – zapytała.

Kiwnąłem głową.

– Jakiej pracy szukasz, że spakowałeś się i opuściłeś ten układ? – zaciekawiła się.

– Pracowałem w zespole technicznym na Talos, ale nie pasowało to do mnie.

Ponownie się uśmiechnęła, po czym odstawiła szklankę na tacę.

– A co by pasowało mężczyźnie takiemu jak ty?

– Chcę być Renegatem – odparłem, nie wstydząc się tego ambitnego planu. – To oznacza, że potrzebuję kasy na własny statek.

– Ciekawe. – Pozwoliła, aby to słowo wisiało przez chwilę między nami. – Jesteś przestępcą? Byłeś karany?

– Co? – Zaskoczyła mnie jej otwartość.

– Trudno znaleźć pracę, jeśli jest się notowanym – wyjaśniła.

– Byłem jako dzieciak, ale teraz mam czyste papiery. Po osiągnięciu pełnoletności wszystko się zeruje.

– Masz czyste papiery, a mimo to chcesz zostać Renegatem? A to czemu? – zapytała.

– To moja sprawa.

– Celna uwaga. – Przez chwilę milczała, lustrując mnie wzrokiem. – No więc chłopak w twoim wieku po raz pierwszy opuszcza dom, jest bez grosza przy duszy i szuka pracy. Po to, aby móc zostać Renegatem.

– Mam pieniądze – zaprotestowałem.

– Wcale nie.

– Skąd możesz wiedzieć? – fuknąłem.

Wskazała na mnie.

– Masz na sobie uniform z pracy, z której odszedłeś. Jeśli masz pieniądze, świetnie się z tym kryjesz.

Miała rację. Większą część zaoszczędzonego tysiąca wydałem

na ten lot. Reszta wystarczy mi na kilka miesięcy, ale dłużej sobie nie poradzę bez jakiejś roboty.

Po tym jak nic nie powiedziałem, nieznajoma kontynuowała:

– Nie masz pieniędzy, nie masz pracy, a mimo to jest w tobie odwaga potrzebna do tego, aby lecieć na inną planetę w nadziei na znalezienie… okazji. Wiele to mówi o czyimś charakterze, nie sądzisz?

Zawahałem się, w końcu jednak przytaknąłem.

– Jasne.

– Jako że szukasz okazji, co powiesz na to, abym oszczędziła ci czasu? – Wzięła długi łyk i odstawiła szklankę. – Tak się akurat składa, że jestem rekruterką pewnej organizacji na rynku dla ludzi takich jak ty.

– Co to oznacza? Ludzie tacy jak ja? – zapytałem.

– Młodzi, wolni i głodni pieniędzy – odparła. – Prawdę mówiąc, na Epsy nie znalazłam kompletu, a ty się wydajesz kimś właściwym.

– To jakiś żart? Poznaliśmy się pięć minut temu, a ty proponujesz mi pracę?

– Mam nosa do talentów – oświadczyła. – To co, jesteś zainteresowany? Oczywiście bez żadnych pytań, no i nie możesz mieć obiekcji natury moralnej.

– Co to za praca? – zapytałem. – Co masz na myśli przez obiekcje natury moralnej?

Uniosła brew.

– Wydawało mi się, że mówiłeś, że dla pieniędzy skłonny jesteś zrobić wszystko. Źle usłyszałam?

– N-nie, dobrze. Tylko że…

– Nie mam w zwyczaju robić czegoś takiego – weszła mi w słowo. – Po prostu mam dzisiaj dobry nastrój, a ty znalazłeś się we właściwym miejscu we właściwym czasie. Możesz przyjąć moją propozycję i zacząć zarabiać prawdziwe pieniądze albo możesz odwrócić się w stronę okna, gapić na tunel i zapomnieć o naszej rozmowie. To jak będzie?

Nie mogłem uwierzyć we własne szczęście. Czy ta kobieta mówiła prawdę? Przyglądałem jej się przez chwilę. Mogła mieć najwyżej trzydzieści lat, ale emanowała z niej aura doświadczenia – coś, czego nie widziałem od czasu, kiedy mieszkałem na ulicach Epsy. Wiedziałem, że to coś prawdziwego.

– No więc? – zapytała, przerywając ciszę.

Odchrząknąłem i oblizałem usta.

– Ile? – zapytałem.

Uśmiechnęła się znacząco.

– Wystarczająco.

– Wystarczająco… – powtórzyłem powoli. – Coś jeszcze powinienem wiedzieć?

– Dowiesz się, kiedy zaczniesz pracę – odparła. – Będzie niebezpiecznie, ale wszystko, co najlepsze, takie właśnie jest.

Przez chwilę kusiło mnie, aby odmówić, ale nie leciałem na Bordo po to, aby zmywać podłogi na jakimś dworcu albo przetykać rury w hotelu. Robiłem to po co, by zająć się czymś innym… aby móc stać się kimś innym. Jeśli nie przyjmę teraz tej propozycji, kolejna może się nie trafić.

Nachyliłem się w jej stronę.

– Skoro twierdzisz, że pieniądze są dobre, to może i się zgodzę.

– Doskonale – stwierdziła kobieta. Wyciągnęła do mnie rękę. – Jestem Eliza Jenson.

– Jace Hughes – odparłem i uścisnąłem jej dłoń.

– Miło pana poznać, panie Hughes. – Uśmiechnęła się promiennie. – Nie mogę się doczekać wspólnej pracy.

13

Abigail się poruszyła, ale się nie obudziła. Zasnęliśmy razem, ona w moich ramionach, i na jakiś czas udało mi się zapomnieć, gdzie się znajduję.

Odsunąłem się od niej i sięgnąłem po pad, aby sprawdzić godzinę. Okazało się, że minęło kilka godzin. Zastanawiałem się, jak długo musimy pozostać w tym miejscu. Czy zbyt niebezpiecznie było budzić staruszkę w jej obecnym stanie?

Trzymając w ręce pad, wstałem, starając się uczynić to bezszelestnie. Pozwolę Abby jeszcze trochę pospać, a sam w tym czasie zrobię mały spacer.

W miejscu, gdzie spała Lucia, rozjarzyło się blade niebieskie światło.

– Chłopcze.

Zaskoczył mnie jej głos. W ręce trzymała translator.

Podszedłem do niej, usiadłem i szepnąłem:

– Wszystko w porządku. Możesz jeszcze zasnąć.

– Sen jest dla starych i martwych – oświadczyła, posyłając mi półuśmiech. – Nie jestem gotowa ani na jedno, ani na drugie.

Także się uśmiechnąłem.

– Właśnie widzę.

– No i dobrze. Jeśli pozwolisz mi umrzeć, moja córka obetnie ci głowę. – Wskazała na Abigail. – I głowę twojej kobiety.

– Mojego kogo?

– Och, tak – powiedziała z uśmiechem. – Nie zachowujesz się tak cicho, jak ci się wydaje, chłopcze.

– Ona nie jest moją kobietą – burknąłem.

Po raz pierwszy ktokolwiek, łącznie ze mną, określił mnie i Abigail w taki sposób. Wzięło mnie to z zaskoczenia.

– Po prostu nie zdajesz sobie jeszcze z tego sprawy. – Staruszka pokręciła głową. – Wolno ci to idzie, ale w końcu się ogarniesz.

– Przymknij się, babciu – rzekłem i wstałem. – Robisz się stetryczała.

Zamknęła oczy i cicho zachichotała.

– Dzieci – mruknęła pod nosem. – Zbyt ślepe, aby widzieć słońce.

Niedługo później obudziła się Abby.

– Musimy iść – powiedziałem, szybko podając jej ubranie. – Jesteś gotowa?

Wzięła je ode mnie i kiwnęła głową.

Czekałem bez słowa, aż się ubierze. Kiedy była gotowa, podeszliśmy do staruszki, która tym razem siedziała.

– Pora już ruszać? – zapytała.

– Uznaliśmy, że takie siedzenie w ciemnościach pewnie już ci się znudziło – oświadczyłem.

Zachichotała.

– Być może leżenie.

Abigail nachyliła się nad nią.

– Wiesz może, kiedy stąd wyjdziemy?

– Raczej unikamy tego miejsca. Do wyjścia nie jest strasznie daleko, ale niełatwo tam dotrzeć – wyjaśniła.

– Jakoś damy radę.

– Zobaczymy, co powiesz, kiedy to zobaczysz – żachnęła się Lucia.

Podnieśliśmy ją za ręce i nogi i kontynuowaliśmy naszą wędrówkę przez korytarze. Po wyjściu z pomieszczenia natrafiliśmy na kolejne rośliny. Ściany porastały pnącza, ze szpar w podłodze wyrastały różne pędy, z sufitu zaś zwisały podłużne liście w kolorze żółtym i niebieskim.

Światło emitowane przez pad zdawało się połyskiwać. Miałem wrażenie, że wchodzę do paszczy jakiegoś zwierzęta. Wzdłuż pleców przebiegł mi dreszcz.

– Powoli – rzuciłem, robiąc krok nad roślinami. Nie chciałem się przypadkiem potknąć, upuścić Lucii i doprowadzić do tego, że złamałaby biodro.

Szliśmy ostrożnie, aż dotarliśmy do kolejnych drzwi. Musiałem użyć noża, aby odciąć rośliny porastające ekran dotykowy.

Drzwi się przesunęły i weszliśmy do pomieszczenia, pozwalając, aby zamknęły się za nami.

Zatrzymałem się w pół kroku, zaskoczony tym, co widzę.

W podłodze na środku znajdowała się ogromna dziura, niemal krater. W tej dziurze dostrzegłem niezliczoną ilość poruszających się roślin, splatających się ze sobą i o dziwnych kształtach. Z dołu dochodziło blade światło. Na drugim końcu pomieszczenia wypatrzyłem schody wiodące do góry. „To pewnie to", pomyślałem.

– Co to takiego? – zapytała Abigail, wzdrygając się na widok jamy.

– Mówiłam, że nie będzie łatwo – odezwała się staruszka.

Po obu stronach jamy znajdowało się wąskie przejście. Wystarczy, żebyśmy się przedostali na drugą stronę.

– Damy radę, jeśli zrobimy to powoli i ostrożnie – oświadczyłem.

– To nie takie proste – powiedziała Lucia.

– Myślisz, że się nie uda? – zapytałem.

Staruszka wskazała na leżący w pobliżu mały kamień.

– Podajcie mi go, dobrze?

Abigail spełniła jej prośbę. Lucia rzuciła kamień w stronę dziury, pozwalając, aby wylądował niecały metr od krawędzi.

– Po co to zrobiłaś? – zapytała Abby.

– Czekajcie – odparła zwięźle.

Usłyszałem, jak coś się porusza, nic jednak nie widziałem

– Słyszycie to? – zapytałem w końcu. Dźwięk ten przypominał wodę przepływającą przez rurę.

Lucia wskazała palcem na kamień.

– Patrzcie.

I wtedy to zobaczyłem. Z dziury wypełzło pnącze i ruszyło w stronę kamienia. Wiło się i poruszało niemal jak zwierzę. W końcu, kiedy dotarło do kamienia, owinęło się wokół niego i wciągnęło przedmiot do dziury, znikając w ciemności.

Coś takiego widziałem do tej pory jedynie na hologramach. Istniały planety, które porastały poruszające się dżungle, drzewa i rośliny atakujące niczego niepodejrzewających wędrowców, o ile tym zdarzyło się podejść zbyt blisko. Coś takiego nie występowało w przyrodzie często, ale się zdarzało.

– Chcesz powiedzieć, że jeśli znajdziemy się za blisko, to ta dziura nas zaatakuje? – zapytałem.

– Żeby tylko – mruknęła Lucia.

Podniosłem z ziemi kolejny kamień, postanowiwszy zbadać granice tego stworzenia – a może stworzeń? Na ile różnych organizmów patrzyłem w tej chwili? Czy te wszystkie rośliny były ze sobą powiązane?

Wzruszyłem ramionami i rzuciłem kamień tak, że wylądował dwa metry od krawędzi dziury.

Ponownie wychynęło z niej pnącze, oplotło kamień i zabrało go do środka.

Niezły zasięg.

– Cholera – mruknąłem.

– No właśnie – rzekła Lucia.

Znalazłem kolejny kamień i go rzuciłem, tym jednak razem bliżej niż dwa wcześniejsze. Zatrzymał się pół metra od dziury.

Czekaliśmy, aż pojawią się pnącza, tak się jednak nie stało. A to ciekawe.

Rzuciłem czwarty kamień, który wylądował mniej więcej w takiej samej odległości od krawędzi jak poprzedni. Ponownie nic się nie stało. Świetnie, lubiłem konsekwencję.

– Co teraz? Jak mamy się przedostać na drugą stronę? – odezwała się Abigail.

– Zazwyczaj unikamy tej części tuneli – odparła Lucia.

Pokręciłem głową.

– Cóż, to akurat nie wchodzi w grę. Wiesz, jak to pokonać?

Kiwnęła głową.

– Zrobiłam to tylko raz, w czasach kiedy byłam znacznie

młodsza od was obojga. Razem z grupą przyjaciół próbowaliśmy ominąć jamę. Większość okazała się na tyle szybka, aby zdążyć przejść na drugą stronę. Oprócz jednego chłopaka o imieniu Chalter. Pnącza chwyciły go za kostkę i wciągnęły do dziury.

– Chalter zginął? – zapytała Abigail.

– Został wciągnięty do jamy. Ja zdążyłam akurat przejść, rośliny mało mnie nie oplotły, ale kiedy on próbował zrobić to samo... – Wzięła głęboki oddech. – Rośliny go zabrały. Mogliśmy jedynie patrzeć.

Wyczuwałem ból tej starszej kobiety. Nie chciała tu przebywać. Ba, możliwe, że znalazła się w tym miejscu po raz pierwszy od tamtego wypadku. Ale to była przeszłość, a my nie mogliśmy ot, tak zawrócić.

– Istnieje inna droga? – chciała wiedzieć Abigail.

– Możemy się udać do trzeciego obiektu – odparła Lucia. – Jest inna droga, podobna do tej pierwszej. Nie ma tam roślin.

– Ile czasu by nam to zajęło? – zapytałem.

– Cały dzień. A po drodze znajduje się kolejne legowisko szponiarzy.

Intensywnie myślałem. Może jednak lepiej zaczekać i inaczej to rozegrać. Mieliśmy broń, więc w razie spotkania z bestiami pewnie byśmy sobie poradzili.

Nie, nie zamierzałem zamieniać jednej niebezpiecznej sytuacji na drugą. Nie miałem pojęcia, na co natrafimy w tamtym tunelu. Nie miałem pojęcia, ilu mieszka tam szponiarzy. Tę sytuację znałem. Widziałem niebezpieczeństwo na własne oczy.

– Przechodzimy – oświadczyłem bez cienia wątpliwości w głosie.

– Jak? – zapytała Lucia. – Zamierzasz przerzucić mnie przez tę dziurę?

Zawahałem się. Zdjąłem z pleców laskę i obróciłem ją w dłoniach.

– Myślisz, że ogarniesz to jeszcze raz?

– Co masz na myśli, Jace? – zapytała Abigail.

Staruszka wzięła ode mnie laskę.

– Znam swoją broń – oświadczyła.

– To dobrze – powiedziałem. – Bo obie musicie zrobić dokładnie to, co wam powiem.

Umieściliśmy Lucię na moich plecach, przywiązując jej nogi do pasa. Kiedy już była zabezpieczona, zrobiłem kilka kroków, aby się upewnić, że mam wystarczającą swobodę ruchów.

Na podłodze leżał pad, światło maksymalnie jasne. Na tyle, że widać było większą część pomieszczenia.

– Jesteś tego pewny, Jace? – zapytała Abigail.

Widać było, że bardziej się martwi o mnie i Lucię niż o siebie.

– Będzie dobrze – zapewniłem. – Nie przejmuj się.

– Będę go ochraniać. – Lucia puściła do niej oko.

Zbliżyłem się do dziury od prawej strony i stanąłem blisko trzeciego rzuconego przeze mnie kamienia, który nie został zabrany przez pnącza.

– Gotowa? – zapytałem, patrząc na Abigail.

Kiwnęła głową i stojąc na końcu pomieszczenia, czekała na mój sygnał.

– Gotowa – potwierdziła.

Lucia trzymała w rękach laskę, opierając ją na moim ramieniu.

Wyjąłem pistolet. Trzymanie w ręce karabinu zbyt było trudne ze staruszką na plecach i laską na ramieniu, za to mniejsza broń pozwalała na większą mobilność.

Obejrzałem się na Lucię.

– Oby to coś mnie nie trafiło, kiedy wystrzelisz. – Zawahałem się. – Albo nie sprawiło, że ta jaskinia się zawali.

– O nic się nie martw – zapewniła mnie. – Zmniejszyłam moc o połowę.

– To wystarczy? – zapytałem.

– To nie szponiarze. Połowa mocy powinna się okazać aż nadto wystarczająca.

Kiwnąłem głową.

– Okej, Abigail! – zawołałem. – Zaczekaj na pierwszy strzał, a potem ruchy.

– Rozumiem – odparła.

Lucia poprawiła się lekko na moich plecach, celując w dziurę.

– Gotowa – potwierdziła.

Wziąłem szybki oddech.

– Zrób to!

Z końca laski eksplodowała wiązka niebieskiej energii, przecięła dziurę i trafiła w przeciwległą ścianę. Spadła z niej plątanina roślin, robiąc przejście między pozostałymi.

W tym samym czasie Abigail szła szybko wąskim przejściem przylegającym do ściany.

Pnącza i rośliny w dziurze poruszyły się, reagując na strzał, a część z nich zaczęła się przemieszczać w stronę świeżo utworzonej luki. Zgodnie z moimi przewidywaniami przyciągał je ruch, nawet jeśli wiązało się z nim niebezpieczeństwo. Czysty instynkt.

– Jeszcze raz – rzuciłem do Lucii.

Zacisnęła dłonie na lasce i oddała drugi strzał. Trafiła w rośliny, spowijając je intensywnie niebieskim światłem.

Kolejne pnącza zaczęły się poruszać, tym razem kierując się w stronę drugiej lokalizacji. Ku mojej uldze połowa jamy zareagowała na eksplozje.

Zerknąłem na Abigail i zobaczyłem, że zbliża się do końca jamy. Zwolniła z powodu wyjątkowo wąskiej ścieżki. Jeszcze tylko kilka kroków.

Nagle z dziury wystrzeliło pnącze i za cel obrało jej stopę. Abby uskoczyła, unikając jego macek.

– Szybko, Abby! – zawołałem. Uniosłem pistolet i próbowałem wycelować.

Pnącze czołgało się za nią. W pewnym momencie zatrzymało się, cofnęło. Zastąpiło je drugie, a po chwili pojawiło się jeszcze jedno. Nie minęło kilka sekund, a był ich cały gąszcz, biegnących z różnych kierunków.

– Strzelaj jeszcze raz! – nakazałem Lucii.

Tak zrobiła, celując w dziurę, ale nie za blisko Abigail. Nie chcieliśmy, aby wibracje zaburzyły jej równowagę.

Rośliny natychmiast zareagowały, sunąc w stronę miejsca, które trafiło niebieskie światło.

Abigail dotarła na drugą stronę, a mnie zalała fala ulgi.

– W samą porę – odezwała się Lucia. – Czuję, jak się odprężasz. Martwiłeś się.

– Przymknij się. – Podszedłem do miejsca, z którego wystartowała Abigail. – Bądź gotowa, żeby znowu użyć tej swojej laski.

– Zawsze jestem – zapewniła.

Ugiąłem nogi w kolanach, szykując się do biegu. Wziąłem głęboki oddech.

– Okej… teraz!

Lucia wystrzeliła ponad moim ramieniem, a ja puściłem się biegiem. Trafiła tuż poniżej krawędzi jamy, blisko tych miejsc, gdzie poprzednio. I znowu rośliny zaczęły się kierować w tamtą stronę, odruchowo reagując na wibracje.

Dobiegłem do wąskiego przejścia. Z powodu staruszki trzymanej na plecach nie mogłem przykleić się nimi do ściany, a do tego zachowanie równowagi okazało się trudniejsze, niż przewidywałem.

Przy kolejnym kroku usłyszałem szelest pod stopami. W jamie nastąpiło poruszenie.

Lucia ścisnęła mi ramię.

– Uważaj! – krzyknęła. – Twoje stopy!

Po podłodze sunęło pnącze, zbliżając się do mojej kostki. Odsunąłem nogę i strzeliłem z pistoletu w roślinę.

Kula przedarła się przez żółtą łodygę, rozrywając ją na pół. Roślina znieruchomiała na chwilę, wycofała się, po czym mimo uszkodzenia zaczęła ponownie sunąć w moją stronę.

W tym samym czasie pojawiły się dwa inne pnącza.

– Użyj laski! – warknąłem. – Strzelaj!

Lucia odwróciła się i wycelowała. Korzystając z okazji, oddałem strzał w stronę goniących mnie roślin. Koniec laski eksplodował i wiązka energii trafiła w odległą część ściany jamy. Tym jednak razem rośliny pode mną nie zareagowały.

– Cholera! – wrzasnąłem, rozładowując pistolet. Magazynek był już prawie pusty, za to miałem do zrobienia jeszcze kilkanaście kroków.

– Strzel w nie, Lucia! – zawołała Abigail. – Strzel w przejście!

Pnącze chwyciło mnie za kostkę. Pociągnęło tak mocno, że się zatrzymałem. A potem się zacisnęło. Tak, że aż poczułem ból.

Pnącze pociągnęło mnie za stopę, przez co straciłem równowagę. Padłem na kolano.

– Strzelajcie! – krzyknąłem. – Ja pierdolę!

Abigail podbiegła bliżej dziury, celując z karabinu. Nim zdążyła cokolwiek zrobić, ześlizgnąłem się w dół i większa część mnie znalazła się poniżej krawędzi.

Lucia obróciła się na moich plecach, celując z laski.

– Trzymaj się! – wrzasnęła.

Obiema rękami chwyciłem się za krawędź jamy.

– Zrób to! – nakazałem.

Pociągnęła za spust i strzeliła. Trafiła w plątaninę pnączy, metr od mojej nogi, rozrywając je na strzępy. Siła eksplozji pchnęła mnie na ścianę.

Straciłem uchwyt i spadłem, otoczony przez pnącza. Z każdą chwilą jarzące się pode mną światło stawało się coraz jaśniejsze. Chwyciłem się dłonią pnącza, nie byłem go jednak w stanie utrzymać. Zamiast tego znowu się ześlizgnąłem i po chwili wylądowałem na dnie.

– Jace! – usłyszałem krzyk Abigail.

– Nic nam nie jest! – zawołała Lucia, której podczas tego całego chaosu udało się pozostać na moich plecach.

Jęknąłem i podniosłem się z ziemi. Światło było teraz jaśniejsze i dostrzegłem, że stoję na wystającej półce. Przede mną znajdował się tunel, a ścianę oplatały gigantyczne korzenie. Na końcu znajdowało się źródło światła – jakieś urządzenie, nadal aktywne, niemal całkowicie obrośnięte korzeniami.

Wychyliłem się do przodu, odsuwając od ściany. Kilka metrów poniżej krawędzi jamy nie było pnączy i żadne z nich za mną nie podążyło.

Światło było jasne i łagodne i emitował je środek urządzenia. Zrobiłem kilka kroków w jego stronę i moim oczom ukazał się znajomy kształt. To był rdzeń trytowy, identyczny jak ten, który ukradłem Unii i zabrałem na Tytan.

– Ja pierdolę – mruknąłem.

– Co się dzieje? – zapytała Lucia, nie widząc nic zza moich pleców.

Odwróciłem się, dzięki czemu mogła to zobaczyć. Wpatrywała się w urządzenie przez kilka sekund, po czym zapytała:

– Co to takiego?

– Rdzeń – odpowiedziałem i zrobiłem krok w jego stronę. – Bardzo potężny.

Wyobraziłem sobie możliwości wiążące się z posiadaniem drugiego takiego rdzenia, mając zwłaszcza na względzie to, jak trudno było zdobyć poprzedni. Kiedy Tytan już nas znajdzie, możliwe, że przyda nam się zapasowe źródło zasilania. A skoro właśnie na nie natrafiłem, nie mogłem go ot, tak zostawić, nawet jeśli znajdowało się we wnętrzu gigantycznej, pożerającej ludzi rośliny.

Zrobiłem krok w stronę urządzenia i uważniej mu się przyjrzałem. Korzenie otaczały niemal cały rdzeń. Ująłem pokrywę i próbowałem obrócić, zbyt mocno jednak tkwiła między korzeniami. Za pomocą noża zacząłem je odcinać – na tyle, aby wyjąć rdzeń.

W końcu się udało.

Gdy to zrobiłem, urządzenie przygasło, tracąc niemal całą moc. Tylko kilka światełek pozostało aktywnych.

Korzenie nagle zadrżały, a razem z nimi otaczające mnie ściany.

– Co to było? – zapytałem, wkładając do torby rdzeń trytowy.

– Nic dobrego – odparła Lucia, szykując swoją laskę. – Wygląda na to, że to, co zrobiłeś, spowodowało…

Nim zdążyła dokończyć, ziemia zadrżała, o mało mnie nie przewracając. Korzenie się poruszyły.

– Pora się zbierać! – oświadczyłem, robiąc krok w tył. Od strony wejścia do tunelu pełzały już pnącza. Wyjąłem nóż i ciachnąłem.

– Odwróć mnie! – nakazała Lucia.

Bez szemrania zrobiłem, co mi kazała. Oddała strzał, uwalniając szeroką wiązkę, która unicestwiła obecne w tunelu pnącza.

Podbiegłem do półki i spojrzałem w dół. Dno jamy pokrywały poruszające się pnącza, reagujące na nasz ruch.

Zza krawędzi wystawiła głowę Abigail, wyraźnie przerażona. Machnąłem do niej nożem.

– Masz tam na górze coś, co mogłoby nam pomóc? – zapytałem.

– Chwila! – Zniknęła mi z oczu.

Wyczułem, że Lucia gmera coś przy lasce.

– W porządku tam z tyłu? – zapytałem.

– Zmieniam ustawienia – wyjaśniła.

Przeciąłem dwie łodygi, mocno je okaleczając.

– Po co?

– Po to, aby oczyścić ścianę, ale nie sprawić, by wszystko się zawaliło. – Usłyszałem kliknięcie i odgłos nabierania przez laskę mocy. – Gotowe. Ustaw mnie teraz tak, żebym mogła zrobić dla nas przejście.

– Już się robi!

Zaparłem się na nogach i obróciłem tak, by Lucia mogła oddać możliwie najlepszy strzał w stronę Abigail.

Nacisnęła spust i wystrzeliła w ścianę wiązkę niebieskiej energii, która przesuwała się powoli od góry do dołu.

– Chwilę to potrwa! – wyjaśniła przekrzykując hałas.

Czekałem na atak pnączy, ale one sprawiały wrażenie bardziej zainteresowanych chaosem wywoływanym przez laskę Lucii. Rośliny przysuwały się bliżej strefy uderzenia, przyciągane przez siejącą spustoszenie energię.

Obejrzałem się i zobaczyłem, że Abigail zagląda do nas z góry.

Pomachała mi, pokazując coś, co trzymała w ręce. Wyglądało to na jakieś ubranie albo linę.

Gdy Lucia skończyła oczyszczać ścianę, dałem Abby znać, aby opuściła linę. Gdy to zrobiła, poczułem, jak ziemia dudni.

– A to co znowu?! – warknąłem.

Od ścian jaskini odbił się przeszywający pisk, a ja aż się wzdrygnąłem.

– Na dole! – wrzasnęła Lucia, wskazując na środek jamy.

Zobaczyłem, że pnącza się rozpierzchają, odsłaniając jakąś roślinę.

– Szybko, Jace! – krzyknęła Abigail, rzucając linę.

Złapałem ją, po czym przeskoczyłem nad uskokiem i wbiłem stopy w świeżo oczyszczoną ścianę.

– Strzelaj, Lucia! Nie pozwól, aby te pnącza nas goniły! – szczeknąłem.

Tak zrobiła – usłyszałem, jak w ściany jamy trafia kilka wiązek. Pnącza odsunęły się od nas, zainteresowane niebieską energią.

Wspinałem się z Lucią na plecach. Abigail trzymała za drugi koniec liny, ciągnąc z całych sił i próbując nam pomóc. Poruszaliśmy się szybko, krok za krokiem, aż w końcu dotarliśmy na górę.

Uchwyciłem się za krawędź urwiska, oparłem się o ziemię łokciem, po czym przerzuciłem nogę. Abigail chwyciła mnie za ramię i pociągnęła, wcześniej jednak coś znowu oplotło mi nogę. Kolejne pnącza.

Ciągnęły mnie w dół, dwa pnącza za kostki, jedno za udo.

– Jace! – krzyknęła Abby.

Strzeliła w pnącza, ale niewiele to dało, bo pojawiły się kolejne.

Poczułem, jak się zsuwam.

– Lucia! – wrzasnąłem. – Użyj tej cholernej laski!

Staruszka obróciła ją, o mało nie trafiając mnie przy tym w głowę, ale w końcu udało jej się oddać strzał. Trafiła w dwa pnącza, tyle że zdążyły już przypełznąć następne.

O mało znowu nie spadłem, ale udało mi się chwycić dłoń Abigail. Przez to nagłe zatrzymanie się laska wyślizgnęła się z rąk Lucii i spadła na dno jamy.

– Nie! – zawołała staruszka, a ja podciągnąłem się i w końcu wydostałem z dziury.

Puściliśmy się biegiem w stronę schodów. Poczułem za nami jakieś dudnienie. Eksplozja towarzysząca upadkowi laski sprawiła, że ziemia pękła, tworząc rozpadlinę wokół jamy. Zatrzymałem się kilka kroków przed schodami i obejrzałem na to szaleństwo.

Ziemia pękała w wielu kierunkach, a pnącza dosłownie szalały.

– Wszystko się zapadnie! – wrzasnęła Abigail, ciągnąc mnie za rękaw.

Zacząłem wbiegać za nią po schodach, po dwa stopnie naraz, w pewnym momencie zatrzymałem się jednak.

Pod nami utworzyła się wyrwa w ziemi i moim oczom ukazało się całe morze rąk – pnącza się kołysały, a między nimi spadały kamienie i fragmenty metalu. W samym środku dostrzegłem coś ogromnego, co otwierało się i zamykało jak usta.

Jakaś dłoń chwyciła mnie za brodę.

– Biegnij, ty głupcze! – krzyknęła mi Lucia do ucha. Uderzyła mnie mocno w policzek. – Biegnij!

Zamrugałem, po czym wypchnąłem z myśli obraz, który właśnie zobaczyłem. Bez chwili namysłu puściłem się biegiem w stronę ciemności. Na samym końcu widać było światło.

Abigail dobiegła tam pierwsza i wbiła w panel kod. Właz się nie otworzył, co oznaczało, że będziemy musieli użyć siły.

Chwyciłem za dźwignię i pociągnąłem, powoli przesuwając ją w lewo. Abigail z całych sił napierała na drzwi plecami, zaciskając przy tym zęby.

Chwilę później dołączyłem do niej i razem pchaliśmy.

Właz w końcu się poruszył i na schody wlało się blade światło.

14

Biegliśmy przez śnieg, chcąc jak najszybciej oddalić się od włazu. Gdy znajdowaliśmy się mniej w połowie białego pola, ziemia zadrżała tak mocno, że mało nie padłem na kolana.

Abby chwyciła mnie za ramię, pomagając zachować równowagę.

– Biegniemy dalej! – wrzasnęła, przekrzykując hałas.

Na plecach nadal miałem Lucię, co jeszcze bardziej utrudniało poruszanie się, nie zamierzałem jednak pozwolić, aby coś takiego mnie zatrzymało.

Przedzieraliśmy się mozolnie przez zaspy. W końcu, gdy dotarliśmy do grani, odwróciłem się i zobaczyłem, że schody zaczynają się zapadać. Twardy śnieg pękał w każdym kierunku, po czym sam wpadał w rozpadliny.

Lucia trzepnęła mnie w głowę.

– Nie zatrzymuj się teraz, chłopcze!

Przejechałem dłonią po oczach i nosie, wycierając z nich

śnieg. Dojrzałem w śniegu jakąś formację prowadzącą niżej. Więcej skał niż śniegu, a to pewnie lepiej.

– Tam! – zawołałem i pokazałem palcem. – Idziemy!

Razem z Abigail schodziliśmy powoli ze wzgórza, ostrożnie, krok za krokiem. Gdybym się poślizgnął, mógłbym zrobić krzywdę Lucii.

Byliśmy w połowie drogi, kiedy usłyszałem eksplozję. Odwróciłem się i zobaczyłem chmurę śniegu. „Schody musiały się zapaść", pomyślałem, po czym ruszyłem dalej.

Dotarłem do skał i podałem rękę Abby.

– Nic wam nie jest? – zapytała.

– Nic – odparłem. – Ale nie potrwa to długo, jeśli nie uda nam się uciec przed tą śnieżycą.

– Możesz połączyć się stąd z Siggym?

– Spróbuję. – Stuknąłem się w ucho, otwierając kanał. – Siggy, z tej strony Jace. Odpowiedz.

– Są …kłócenia… śnieży… – odparł Sigmond. Głos miał zniekształcony.

– Powtórz! – poleciłem. – Siggy, kiepsko cię słychać.

– … praszam… pitanie… powta… zakłóce…

– Jasna cholera – mruknąłem. – Nienawidzę tej planety.

– Nie ty jeden – odezwała się Lucia.

– Będziemy musieli albo przeczekać tę śnieżycę, albo podejść bliżej statku – oświadczyłem.

– Sygnał jest aż tak słaby? – zapytała Abigail.

– W pogodny dzień bez żadnych zakłóceń komunikator ma zakres dwóch kilometrów – odparłem. – Toniemy w śniegu i nie mam pojęcia, gdzie w ogóle jesteśmy.

– Pół dnia drogi od statku – poinformowała Lucia.

– Czyli blisko nie jest. – Obejrzałem się na staruszkę. – Jakieś pomysły?

– Wiem o pewnym miejscu, ale się waham – powiedziała.

– Mów – rzuciła Abigail.

Lucia westchnęła. Wskazała na prawo ode mnie, w kierunku wschodzącego słońca.

– Tędy. Szukajcie kolejnej grani.

Zrobiłem krok, strzepując z buta śnieg.

– Dokąd konkretnie nas prowadzisz? Oby nie do kolejnego obiektu.

– Nic z tych rzeczy. – I ciszej dodała: – Niedaleko stąd mieszka pewien człowiek. Mój znajomy.

Maszerowaliśmy przez coraz większe zaspy, walcząc nie tylko ze śniegiem, ale i dmącym wiatrem. Czułem, jak Lucia obejmuje moje plecy, skrywając twarz w skafandrze. Wkładki grzewcze wewnątrz mojego stroju starały się równoważyć temperaturę ciała, ale to nie wystarczało, abym nie czuł zimna. Nie potrafiłem sobie wyobrazić, co musi czuć Lucia, mimo że się tu wychowała.

Ta planeta to istne piekło, świat lodu z potworami i umierającą ziemią. Dla ludzi nie pozostało tu nic.

Nic dla Lucii i jej pobratymców. W pewnym momencie, może jutro, a może za sto lat, wszyscy i tak zginą i nikt ich nie będzie pamiętał.

Z wyjątkiem mnie. Odsunąłem od siebie tę myśl. Nie pora na to, nie teraz, kiedy ścigały mnie dwie armie.

W niecałą godzinę dotarliśmy do grani. Wielokrotnie w czasie drogi próbowałem użyć komunikatora, ale jedyne, co uzyskałem, to kilka poszarpanych odpowiedzi.

Nigdzie nie widać było wejścia. W końcu udało mi się wypatrzyć plandekę rozłożoną nad skałą, powiewającą na wietrze.

– Tam! – powiedziała Lucia, wskazując na plandekę. Wiatr jeszcze przybrał na sile, przez co ledwo co słyszałem jej głos. – Musimy tam wejść!

Gdy dotarliśmy na miejsce, musiałem zlokalizować róg materiału. Był zawiązany na supeł i chwilę trwało, nim go rozwiązałem. Nie ułatwiał tego fakt, że prawie nie czułem palców.

Gdy wślizgnęliśmy się do środka, na nowo zabezpieczyłem plandekę.

W jaskini dostrzegłem palenisko, a pod ścianami koce.

Abigail pomogła mi zdjąć Lucię z pleców i położyć ją pod ścianą. Przeciągnąłem się z ulgą, nie czując już na plecach ciężaru.

– Kurde, kobieto – rzuciłem. – Więcej tego nie róbmy.

– Kto tam jest?! – zawołał z głębi jaskini jakiś głos.

Już-już miałem odpowiedzieć, kiedy zobaczyłem, jak zza kolejnej ściany wyłania się głowa.

– Hej, to tylko my – odparłem i skrzyżowałem ręce na piersi.

Abigail położyła dłoń na swojej broni. Sprytnie, bo przecież ani ona, ani ja nie znaliśmy tego człowieka.

– Co tu robicie? – zapytał nieznajomy.

Podszedł do nas, trzymając w ręce jakiś przedmiot.

Szybko wyciągnąłem z kabury pistolet. Jeśli będzie coś kombinował, nie zawaham się go zastrzelić. Miałem w nosie, kim jest i skąd zna go Lucia.

– Stój – rzuciłem i położyłem palec na spuście. – Ani kroku dalej.

Mężczyzna popatrzył na mnie i Abby, a następnie przeniósł wzrok na Lucię. Widziałem, jak wyraz jego twarzy ulega zmianie.

– Lucia? T-to ty?

– To ja, Josefie – odparła, próbując usiąść. – Odłóż to głupie coś, nim ta dwójka cię zastrzeli.

– Jesteś ranna? Co się stało? – Szybko do niej podszedł. – To ta śnieżyca? Przewróciłaś się?

– Szponiarze – odparła, zbywając go machnięciem ręki. – Nic mi nie jest. Przestań się cackać.

Josef cały był niespokojny, a jego spojrzenie omiatało ciało Lucii.

– Dlaczego leżysz na ziemi, skoro nic ci nie jest? Nie możesz stać?

– Odczep się, ty stary dasyku – warknęła.

Spojrzałem na Abigail.

– Jak ona go nazwała? – zapytałem.

– Chyba nieładnie. Nie chciało się przetłumaczyć.

Josef podwinął nogawkę jej spodni, odsłaniając całe mnóstwo obrażeń i wielkiego siniaka.

– Tak myślałem. – Pokręcił głową. – Zaraz wrócę.

Wstał i udał się na koniec jaskini. Odczekałem, aż miałem pewność, że nas nie słyszy, po czym zapytałem Lucię:

– Kim, u licha, jest ten człowiek?

– To Josef – burknęła. – Mój mąż.

– Twój kto? – zachłysnęła się Abigail.

Staruszka skrzywiła się, nic jednak nie powiedziała. Josef wrócił biegiem i kucnął przy żonie.

– Zaraz cię naprawię – oświadczył.

W jednej ręce trzymał mokrą szmatkę, a w drugiej mały przezroczysty woreczek.

– Co to takiego? – zapytałem.

– Hę? Och, odrobina żelu leczniczego – wyjaśnił Josef. Nachylił się nad Lucią. – Kim są ci ludzie?

– Zagubieni goście – powiedziałem.

– Pochodzą z innego świata – wyjaśniła Lucia i zabrała mu z ręki żel. Sama zaczęła go nakładać. – Pomagałam im przejść przez tunele, kiedy zostaliśmy zaatakowani.

– Goście? Z kosmosu? Po takim czasie ktoś w końcu przybył do naszego małego domu – rzekł Josef. – Nie sądziłem, że tego dożyję.

– Nie po raz pierwszy obserwuję taką reakcję – stwierdziłem. – No dobra, Jo, myślisz, że moglibyśmy tu trochę zostać? W tej śnieżycy nie jestem się w stanie skontaktować z moimi ludźmi.

– Oczywiście! – wykrzyknął z entuzjazmem większym, niż się spodziewałem. – Proszę, przyjaciele, usiądźcie. Rozgośćcie się. Mam jedzenie, jeśli jesteście głodni.

Z jednej strony wyobrażałem sobie, jakim jedzeniem może dysponować osoba mieszkająca w jaskini, z drugiej jednak chyba nie było takie złe, skoro nadal żył.

– Nie, dziękuję – powiedziała szybko Abigail, która najwyraźniej doszła do innego wniosku.

– Proszę, musicie coś zjeść – upierał się Josef.

Wstał i podszedł do części w pobliżu paleniska.

Abigail spojrzała na mnie.

– Jeśli przyniesie mi talerz z mięsem szponiarza, puszczę na ciebie pawia.

– Szponiarza? – fuknęła Lucia. – Myślicie, że co my jemy?

– Daj mu szansę – powiedziałem. – Zjem szponiarza, jeśli to oznacza przetrwanie.

– Jadłeś dziś rano. Nie wytrzymasz jednej nocy bez jedzenia? – zapytała Abby.

– I mam ryzykować, że z głodu rozboli mnie brzuch? Dzięki, ale nie – zripostowałem.

Wrócił Josef z kilkoma niewysokimi pudełkami.

– Racje żywnościowe. Jeśli macie na nie ochotę, to je podgrzeję.

Wręczył mi pudełko, a ja zajrzałem do środka. Posiłek został zamknięty próżniowo. Warzywa, mięso, sos.

– Skąd to masz? – zapytałem w końcu.

– Janus ma urządzenie, które przetwarza materiały i tworzy jedzenie – wyjaśniła Lucia. – Aby wyprodukować nowe jedzenie, musimy przekazywać do recyklingu tyle materiałów, ile tylko się da.

– To jest właśnie takie jedzenie? – zapytała Abigail.

– Abby, odpuść. – Oddałem pudełko Josefowi. – Chętnie się posilimy, stary.

Mężczyzna uśmiechnął się ciepło.

– Wspaniale!

Siedzieliśmy wokół paleniska, a za ścieżkę dźwiękową mieliśmy wycie wiatru. Josef podgrzał posiłki i wręczył nam po pudełku. Zdjąłem plastik, uwalniając parę. Nie mogłem się oprzeć wrażeniu, że nie do końca tak to powinno wyglądać, ale wzruszyłem ramionami i zabrałem się do jedzenia.

Smakowało dość nijako, ale lepsze to niż nic. Zerknąłem na Abigail, która jadła bez słowa skargi, co znaczyło, że nie może być aż tak złe.

Gdy skończyliśmy jeść, Josef odniósł puste pudełka na tył jaskini. Abigail uznała, że to odpowiednia pora na to, aby wyciągnąć z Lucii więcej na temat jej relacji z tym dziwacznym jaskiniowcem. Ja miałem to gdzieś. Skoro Lucia chciała mieć sekretnego męża, który mieszka w jaskini i je z pudełek, to jej sprawa.

– To skomplikowane – rzekła Lucia do mniszki.

– No ale o co chodzi? Twoje plemię go wygnało?

– Nie bądź niemądra – zbeształa ją staruszka. – Jest tutaj, bo tego chce.

– Co takiego? Dlaczego miałby tego chcieć? – zdziwiła się Abigail.

– Dlatego, że jest egoistycznym głupcem – odparła z mocą Lucia.

– Hej, Jo! – zawołałem, a mój głos odbił się echem od ścian jaskini. – Abby chce wiedzieć, dlaczego tu jesteś.

Trzepnęła mnie w ramię.

– Jace, nie miałeś…

– No co? – Wzruszyłem ramionami. – Tym sposobem przejdziesz od razu do sedna, omijając te wszystkie irytujące dramy.

Lucia otworzyła usta, aby coś powiedzieć – niewątpliwie posłać w moją stronę wiązkę przekleństw – ale ubiegł ją Josef.

– Och? Nikt wam tam nie powiedział o mojej pracy? – zapytał, szybko wracając. – Mieszkam tutaj, dlatego że szukam rdzeni trytowych.

Znieruchomiałem. Mówił poważnie? Lucii udało się jakoś powiedzieć mu o rdzeniu w mojej torbie? Przecież dopiero co go znalazłem.

– Co ty powiedziałeś?

– Rdzenie trytowe. Używają ich kluczowe systemy w starych budynkach, ale jest tylko jeden dla każdej struktury. Ten, którego używamy dla naszej wioski, zaczął tracić moc, głównie z powodu tego, że te zwierzęta przekopują się przez…

– Masz na myśli szponiarzy? – zapytała Abigail.

– Zgadza się – przytaknął mężczyzna. – Szponiarze nieustannie się przemieszczają, robiąc sobie legowiska w różnych miejscach, kopiąc nowe tunele. W międzyczasie popsuły wiele systemów.

– Widzieliśmy tunele – powiedziała. – Udało ci się znaleźć taki rdzeń?

Josef ściągnął brwi.

– Nie, jakoś nie mogę dotrzeć do rdzenia z centrum herbologii. Obszukałem każde możliwe...

Zerknąłem na Abigail. Jej spojrzenie padło na torbę przytwierdzoną do mojego pasa.

– Jace... – szepnęła, ale ja pokręciłem głową.

– Co się stało? – zapytał Josef.

– Możemy was na chwilę przeprosić? – Abigail wstała i gestem pokazała, abym zrobił to samo. – Jace, mogę zamienić z tobą słówko?

Westchnąłem.

– Niech ci będzie.

Udaliśmy się na koniec jaskini. Tam Abigail nachyliła się w moją stronę.

– Musisz im dać ten rdzeń – szepnęła.

– Nie wiem, o czym mówisz.

– Nie bądź taki, Jace. Widziałam go w twojej ręce, kiedy wyszedłeś z tunelu.

– W takim razie wiesz, że jest zbyt cenny, aby oddać go bezdomnemu z jaskini – oświadczyłem.

Wzruszyła ramionami.

– Może, ale powinniśmy przynajmniej porozmawiać o tym z Karin i Lucią.

– Co się stanie, jeśli Tytan po nas przyleci i będzie tego potrzebował? – zapytałem. – Mieliśmy już okazję widzieć, co się dzieje, kiedy rdzeń się wyczerpuje.

– Wiem – odparła zwięźle. – Ale on nie należy do nas.

– Nie miałaś problemu ze zwinięciem takiego rdzenia Unii.

– Wiesz, że to coś innego. Ci ludzie są naszymi przyjaciółmi. Od samego początku nam pomagają.

Jęknąłem.

– Okej, okej. Damy im go, ale dopiero wtedy, kiedy wrócimy do ich obozowiska i potwierdzimy to wszystko z resztą zespołu.

– Zgoda. – Abby się uśmiechnęła, ciesząc się z tego małego zwycięstwa.

Pocałowała mnie w policzek.

– Zostańmy tu na noc, a rano wyruszmy dalej.

Zrobiło mi się ciepło w twarz jak po kilku drinkach. Abigail jeszcze raz się uśmiechnęła, po czym wróciła do pozostałych.

A ja stałem tam jak jakiś idiota, zastanawiając się co, u licha, się ze mną dzieje.

15

Pokój hotelowy pachniał truskawkami, drogim alkoholem i perfumami, przez szparę w zasłonach zaś wlewała się pomarańczowa poświata miasta. Był środek nocy, pora, abym się zbierał.

Usiadłem na łóżku, odsuwając się od leżącej obok mnie nagiej kobiety. Od Elizy.

Poruszyła się i chwilę później otworzyła oczy.

– Idziesz już? – zapytała.

– Aha. Odezwę się, kiedy wrócę.

– Jasne, kiedy wrócisz – mruknęła, po czym znowu odpłynęła w objęcia Morfeusza.

Włożyłem koszulę i zapiąłem spodnie, a klucz zostawiłem na blacie. Rachunek ureguluje Eliza. Zawsze tak robiła podczas naszych schadzek.

Siedziałem już w tej robocie od czterech lat, załatwiając różne sprawy dla Elizy i jej szefów. Co nie znaczy, abym miał coś przeciwko tym zleceniom, tyle że były jedynie przepustką do czegoś większego. Czegoś, co wiązałoby się z podróżowaniem przez galaktykę własnym statkiem i życiem takim, jakie sobie wymarzyłem.

Pieprzyć całą resztę.

Obecna praca prowadziła mnie w tym kierunku, i to całkiem szybko. Udało mi się już nawiązać pewne kontakty, dowiedziałem się, w jaki sposób Renegaci prowadzą swój biznes. Nie mogłem ot, tak kupić sobie statku i zacząć latać, nie bez znajomości odpowiednich ludzi. Musiałem poznać porządnych agentów – ludzi rozdzielających zlecenia i dysponujących informacjami. Bez dobrego agenta w tej branży nie zajdzie się daleko. Dwóch już poznałem, Martę Sosen i pewnego głupkowato wyglądającego sukinsyna na Stacji Taurus (Ollie, chyba tak miał na imię), ale chciałem mieć przynajmniej cztery kontakty.

I dlatego wybierałem się teraz do baru mieszczącego się na drugim końcu miasta – miałem się spotkać z Genjim Marco.

Genjiego poznałem na robocie w Sandis, zapyziałej mieścinie po drugiej stronie planety. Mieliśmy złożyć komuś wizytę, w razie konieczności połamać parę kości, ostatecznie jednak do tego nie doszło. Większość weekendu przesiedzieliśmy na parkingu, czekając, aż się pojawi nasz cel. To wtedy Genji powiedział mi o Fratleyu Oxanosie, pożyczkowym rekinie z kasą na zbyciu. Człowieku, dzięki któremu mógłbym zdobyć statek. Dokładnie takiego kontaktu potrzebowałem, aby w końcu zrealizować swój plan.

Idąc przez lobby hotelu Grand Deluxe, zobaczyłem, że ulica jest zupełnie pusta, przypuszczalnie z powodu niedawnemu ochłodzeniu. O tej porze roku było tutaj paskudnie zimno. Możliwe, że kiedy wrócę z kolejnego zlecenia, spadnie już śnieg.

Zacisnąłem poły kurtki i zadzwoniłem po taksówkę.

– Hughes! – wykrzyknął Genji, gdy wszedłem do baru Torchlight. Zajmował stolik pod ścianą i dopijał piwo, które, jak podejrzewałem, nie było jego pierwszym.

– Genji – rzekłem, witając go skinieniem głowy.

Posłał mi zawadiacki uśmiech.

– Kopę lat, ty łajdaku.

Usiadłem przy stoliku i gestem przywołałem kelnerkę.

– Dwa razy to samo.

Genji klepnął się w kolana.

– Tak dobrze cię widzieć, chłopcze. Muszę powiedzieć, że połowa ekip, z którymi miałem okazję pracować, nie była choćby w połowie tak fajna jak nasza.

Kiwnąłem głową.

– Nic mi nie mów.

Chwilę później kelnerka przyniosła kufle i pogrążyliśmy się w rozmowie o tym, co porabialiśmy przez te pół roku, które minęło od ostatniego spotkania.

– Opowiedz mi o tej lasce, z którą się spotykasz – rzucił.

– Nie ma o czym – mruknąłem i wziąłem kolejny łyk piwa. Wytarłem rękawem usta.

– Nie ma? – Uniósł brwi. – Nie jesteś gotowy na to, aby się ustatkować?

– Ja? – prychnąłem. – Dzięki, ale nie. Poza tym Elizy nie interesuje stały związek.

– Jak to? – zapytał.

Wzruszyłem ramionami.

– Po prostu spotykamy się, kiedy jestem w mieście. Nic poważnego.

Nie kłamałem. Kiedy zaczęliśmy ze sobą kręcić, Eliza mi oświadczyła, że nigdy nie będzie to niczym więcej niż przygodą. Nazywała to „układem". Czymś, co dawało nam zajęcie i satysfakcję. Nie mogłem powiedzieć, że coś takiego mi nie pasuje. Nawet gdyby zaoferowała mi posadę na wyższym szczeblu, w życiu nie wyrzekłbym się marzenia o zostaniu Renegatem. Ani dla niej, ani dla nikogo innego w tej cholernej galaktyce.

– To ci się poszczęściło, Jace. Nie każdego dnia można znaleźć kobietę, która zaprasza do łóżka i nie chce nic więcej – orzekł Genji.

– Może gdybyś był przystojniejszy, panie zwracałyby na ciebie większą uwagę. – Wzruszyłem lekko ramionami.

Ściągnął brwi.

– Kurde, stary, ty to potrafisz wbić szpilę.

Zamówiliśmy następną kolejkę i trochę się razem pośmialiśmy. Fajnie było pogadać z kumplem. Z Elizą było okej, ale prawie w ogóle się nie odzywała. Chodziło jej tylko o jedno, tak samo jak mnie, a po wszystkim nie bardzo o czym mieliśmy rozmawiać.

– To co, może przejdźmy do powodu, dla którego się tu znaleźliśmy? – zapytał Genji. – Stary Fratley.

– Wspomniałeś, że mógłby mi załatwić statek.

Uśmiechnął się.

– Ma ich całą masę. Sprzedaje po okazyjnej cenie. Oferuje nawet pożyczkę, jeśli się nie ma kasy.

– Brzmi idealnie – stwierdziłem.

– Tak, ale potrzebujesz paru tysiaków na podróż. Myślisz, że to ogarniesz?

– Paru tysiaków? – zapytałem z lekkim zdziwieniem. – Nie ma go na Bordo?

– Nie, on i jego Pustoszyciele mieszkają na totalnym zadupiu. Pięć tuneli stąd – wyjaśnił Genji.

Pięć tuneli ślizgu oznaczało co najmniej dwudniową podróż, więc wysoki koszt był uzasadniony.

– Kiedy mi powiedziałeś o tym kolesiu, sądziłem, że działa na miejscu. Mam niecałe osiem tysięcy kredytów, Genji.

– Na podróż to aż nadto.

– Ale zdecydowanie za mało na zakup od niego statku, co?

Przez chwilę się zastanawiał.

– Owszem. – Powoli pokiwał głową. – Masz rację. Ale hej, a co, jeśli reszty użyjesz jako przedpłaty?

– Dałoby się tak? – zaciekawiłem się.

Wzruszył ramionami.

– Jasne, mnóstwo ludzi tak robi.

– Sam nie wiem, Genji. Czy pożyczka u tego faceta to mądry pomysł? – zapytałem.

Moja obecna praca polegała na zmuszaniu ludzi do spłacania długów. Wiedziałem, jak to wygląda. Ostatnie, czego potrzebowałem, to złamanej ręki, kiedy nie stać mnie będzie na raty.

Genji machnął ręką.

– Tym się nie martw, Jace. Fratley był kiedyś Renegatem. Pewnie dostaniesz od niego od razu parę zleceń.

– Był Renegatem? – zapytałem zaintrygowany.

Mój kumpel kiwnął głową.

– Z tego, co mi wiadomo, jednym z najlepszych. A teraz popatrz na niego. Ten koleś ma forsy jak lodu. To mógłbyś być ty, Jace. Pomyśl o tym.

Moje spojrzenie ześlizgnęło się na stolik. Przez większość życia czekałem na tego typu okazję. Każde działalnie zbliżało mnie o krok do tej chwili. Jedyne, co musiałem zrobić, to wziąć sobie to, czego pragnę, co jednak oznaczało podjęcie ogromnego ryzyka i zaufanie człowiekowi, którego nawet nie znałem.

Ale czy nie tak funkcjonował wszechświat? Ryzykowało się, licząc, że wszystko się ułoży. Miałem dwadzieścia osiem lat. Gdybym został w Boson, w końcu odłożyłbym wystarczająco pieniędzy na zakup statku i może w wieku czterdziestu lat zostałbym Renegatem.

Pierdolić to.

Wiedziałem, czego chcę. Jeśli Genji miał rację i ten cały Fratley mógł mi pomóc, czemu nie skorzystać z okazji?

– Ile czasu? – zapytałem w końcu z poważną miną. Nachyliłem się i spojrzałem koledze w oczy. – Ile mam czasu do wyjazdu?

Odstawił kufel i się uśmiechnął.

– Jestem tu tylko do jutra. Potem się zmywam.

Zawahałem się. To nie dawało mi dużo czasu.

– Wystarczy ci? – zapytał Genji. – Jeśli chcesz wszystko przemyśleć, za sześć miesięcy tu wrócę.

Powoli pokręciłem głową.

– Nie… Nie, nie mogę tak długo czekać.

– Co z twoją przyjaciółką? Nie będzie za tobą tęsknić, jeśli się przeniesiesz do innego układu?

– Eliza ma w nosie, czy wyjadę jutro, czy za sześć miesięcy. Nie minie tydzień, a znajdzie innego. – Odwróciłem się i wbiłem wzrok w drzwi. – Poza tym to właśnie jest najważniejsze.

Uśmiechnął się.

– Takiego Jace'a znam! Nikt nie jest cię w stanie powstrzymać. – Uniósł kufel. – Za spełnianie marzeń! Na zdrowie!

– Na zdrowie – powtórzyłem i stuknęliśmy się kuflami.

16

Otworzyłem oczy i pierwszym, co ujrzałem, były włosy Abigail na moim torsie. Smacznie spała, oddychając miarowo.

Przetarłem oczy, po czym wysunąłem się spod niej. Choć się poruszyła, nadal pogrążona była we śnie.

Lucia i Josef leżeli razem po drugiej stronie paleniska, przykryci ciepłym kocem. Nie chciałem wyobrażać sobie tego, co wyczyniali, kiedy ja i Abby już zasnęliśmy.

Nie budząc nikogo, wstałem i założyłem skafander, a następnie owinąłem się kocem. Cicho wyszedłem z jaskini. Śnieg w końcu już nie padał, ale nadal było przeraźliwie zimno.

Niebo miało tak intensywny odcień błękitu i żółci, że aż zmrużyłem oczy. Słońce ledwo wystawało zza horyzontu, ale miałem wrażenie, że przespałem kilka dni.

Stuknąłem w ucho, aktywując komunikator.

– Siggy, to ja. Słyszysz mnie?

– Witam, kapitanie Hughes – odparł Sigmond.

Słysząc jego głos, odetchnąłem z ulgą.

– Nareszcie. Słuchaj, stary, trzeba mnie odebrać. Dasz radę namierzyć mój sygnał?

– Oczywiście, proszę pana – zapewniła AI. – Mogę zapytać, jak przebiega pańska wizyta na tej planecie?

– Umiarkowanie – odparłem, odpinając spodnie. – Jestem w jaskini na kompletnym zadupiu i sikam na śniegu. Jestem gotowy się stąd zmyć.

– To zrozumiałe – zgodził się Sigmond. – Lokalizacja zweryfikowana. Mam przenieść statek w pańską obecną lokalizację?

– Tak, ale przekaż wiadomość Freddiemu i Dressler. Daj im znać, że podrzucisz nas z powrotem do obozowiska.

– Zrozumiałem, proszę pana. Proszę być gotowym na mój przylot.

W końcu się rozluźniłem i wbiłem wzrok w rozciągający się przede mną pas bieli.

– Ładny dzień, nie? – rozległ się głos za mną.

Wzdrygnąłem się zaskoczony, ale nie przestałem sikać.

– Co do…

Josef zachichotał.

– Och, przepraszam. Nie chciałem ci przeszkodzić.

– Co tu robisz? – zapytałem, starając się pospieszyć.

– Chciałem sprawdzić, jak się masz – odparł. – Ale widzę, że dobrze.

Zapiąłem spodnie.

– Dobrze, i jestem gotowy do odlotu za kilka minut. Przyleci po nas mój statek.

– Doskonała wiadomość! – wykrzyknął Josef. – Jeśli to możliwe, zapraszam do ponownych odwiedzin. Większość czasu spędzam tu w pojedynkę i powiem ci, że zaczyna się to robić nudne.

– Dlaczego tak to wygląda? – zapytałem. – Mówiłeś, że rdzeń trytowy jest taki ważny. Dlaczego pozostali ci nie pomagają?

Ściągnął brwi.

– Próbowali, ale straciliśmy zbyt wielu ludzi. Tylko ja chciałem prowadzić dalsze poszukiwania. To niebezpieczne, ale jeśli uda nam się zlokalizować nowy rdzeń, wszystko się zmieni.

– W jakim sensie? Na moje oko w wiosce niczego nie brakuje. Co jeszcze może zapewnić nowe źródło zasilania? – zapytałem.

– Wygląda na to, że nie wszystko widziałeś. Na przestrzeni stu ostatnich lat wiele systemów przestało działać. Młodsze pokolenie uważa, że poradzi sobie bez nich, ale ja pamiętam, jak wyglądało kiedyś życie. – Pokręcił głową. – Dysponowaliśmy pojazdem transportowym, który miał zasięg dwustu kilometrów. Powiedziano ci o tym?

– Ano nie.

– Ma baterię, którą się ładuje – wyjaśnił. – Gdy rdzeń zaczął się wyczerpywać, postanowiliśmy nie marnować na nią energii. Co nie znaczy, aby to było nie wiadomo jak ważne, bo na tej planecie i tak nie ma dokąd się udać, no ale jednak ułatwiało to zbieranie materiałów. Byliśmy w stanie objąć poszukiwaniami większy obszar i przywozić więcej zapasów z pozostałych obiektów. Serce mnie boli, kiedy myślę o przyszłości. Jakość życia moich wnuków kolosalnie się pogorszy w porównaniu z życiem mojego dziadka. Nie ma progresu. – Westchnął. – To powolna śmierć.

Byłem pod wrażeniem zaradności tego dziadka. Nie każdy umiałby sobie poradzić w pojedynkę na kompletnym pustkowiu. Jeszcze inna sprawa, że robił to dobrowolnie, aby szukać rdzenia, którego istnienie wcale nie było potwierdzone. Może reszta jego ludzi nie wierzyła w niego – aczkolwiek coś mi mówiło, że Lucia tak, mimo jej gniewu – ale ja i Abigail znaliśmy prawdę. Wiedzieliśmy, że Josef ma rację.

– Naprawdę uważasz, że rdzeń aż tak pomógłby twoim ludziom? – zapytałem, wpatrując się w niego.

– Naprawdę – odparł krótko, a wyraz jego twarzy powiedział mi, że starzec szczerze w to wierzy.

– W takim razie powinieneś wrócić z nami do wioski. Przydałaby nam się twoja pomoc – zasugerowałem.

– Pomoc?

– Muszę porozmawiać o tym z Karin, ale możliwe, że wiem, jak rozwiązać wasz problem. Możliwe, że nie ma powodu, abyś tu przebywał – oświadczyłem. – Po powrocie do wioski zostań z żoną i nigdzie się nie ruszaj.

– Co masz przez to na myśli? – zapytał. – Co możesz zrobić?

– Zaufaj mi. Jeśli wszystko się uda, nigdy więcej nie będziesz musiał wracać do tej jaskini.

Josef nic nie powiedział, kiedy odwróciłem się w stronę jaskini. Wszedł tam za mną, niewątpliwie myśląc o tym, co ode mnie usłyszał. Niewątpliwie zastanawiając się, co miałem przez to na myśli. W żadnym razie nie uważałem go za głupca, lecz nie mogłem mu jeszcze powiedzieć o rdzeniu. Najpierw musiałem porozmawiać z Karin i się upewnić, że ci ludzie potrafią obsługiwać coś równie potężnego jak rdzeń trytowy.

Uniosłem plandekę i zobaczyłem, że Abigail siedzi obok Lucii. Rozmawiały o czymś cicho.

– Dobrze, że już nie śpisz – odezwałem się.

Uśmiechnęła się do mnie promiennie.

– Wcale nie zachowywałeś się bezszelestnie, kiedy się stąd wymykałeś.

– Twoja żona opowiadała mi właśnie o swoim dzieciństwie.

– Ona nie jest moją żoną – żachnąłem się.

– Och? A to mnie nabrałeś – odparła staruszka.

– I kto to mówi? – prychnąłem. – Kto się obściskiwał z Jo?

Josef minął mnie.

– Cóż, w naszym przypadku ona rzeczywiście jest moją żoną – rzekł z uśmiechem.

– Na razie. – Lucia posłała mu krzywe spojrzenie.

Ściągnął brwi.

– Sądziłem, że w nocy mi wybaczyłaś.

– Wybaczę ci, kiedy przestaniesz mieszkać w tej jaskini – powiedziała beznamiętnie.

Skinąłem na Abigail, licząc, że nim się stąd wszyscy zmyjemy, uda mi się z nią zamienić kilka słów na osobności.

– Wszystko w porządku, Jace? – zapytała, podchodząc do mnie.

– Chciałem się tylko upewnić, że nadal masz ten nasz mały skarb.

– Jeśli masz na myśli rdzeń, to jest w mojej torbie – szepnęła i otworzyła ją przede mną. Rdzeń spoczywał między dwoma kawałkami materiału. Zakryła go i zawiązała torbę. – O nic się nie martw.

Kiwnąłem głową.

– Nie spuszczaj go z oczu. Do czasu, aż porozmawiamy z Karin i zweryfikujemy to, co powiedział nam Josef.

– O co chodzi z Karin? – zapytała Lucia.

Skląłem się w myślach za to, że nie mówiłem ciszej.

– O nic. Po prostu musimy się z nią spotkać, kiedy tam wrócimy. Trzeba obgadać sporo rzeczy.

– Jeśli się martwisz o ten przekaz, to niepotrzebnie. Znając moją córkę, już się tym zajęła.

Uznałem, że dobrze będzie zmienić temat.

– Powiedz, Jo, kiedy ostatni raz widziałeś Karin? To twoja córka, zgadza się?

Josef uśmiechnął się.

– Och, tak, wspaniała dziewczyna, prawda? Nie widziałem jej już kilka tygodni. Jak ona sobie radzi, Lucia?

– Radziłaby sobie lepiej, gdyby miała pod bokiem ojca – burknęła staruszka.

Mężczyzna ponownie ściągnął brwi.

– Och, Lucia, proszę, nie złość się na mnie.

– To było łatwe – mruknąłem.

We czwórkę opuściliśmy jaskinię i udaliśmy się na zachód, powoli brnąc przez śnieg. Josef znał drogę na pole, gdzie Siggy mógł posadzić statek.

Razem z nim niosłem na materacu Lucię, natomiast Abby trzymała w gotowości broń. Starzec twierdził, że dzień po ostrej śnieżycy zwierzęta często wychodzą ze swoich kryjówek, co oznaczało, że możemy się natknąć na coś, co od kilku dni nic nie jadło.

– Siggy, jaki jest twój status? – zapytałem, kiedy dotarliśmy na miejsce.

– Przepraszam, kapitanie, ale doktor Dressler i Frederick nalegali, abym na nich zaczekał.

– Nie autoryzowałem czegoś takiego, Sigmond – warknąłem, nie ukrywając irytacji. – Powinieneś już tu być.

– Przepraszamy, kapitanie! – wyrzucił z siebie Freddie. W jego głosie słychać było rozgorączkowanie.

– Do diaska, Freddie. Streszczajcie się! Tkwimy tu w cholernym śniegu!

– P-przepraszamy! Już lecimy!

Abigail słyszała wszystko dzięki własnemu komunikatorowi.

– Rozumiem, że to oznacza, że musimy zaczekać jeszcze kilka minut.

Zacisnąłem zęby.

– W najgorszym przypadku pięć minut. Tyle jakoś wytrzymam na tym mrozie. Po prostu wcale mi się to nie podoba.

Rozległ się głośny okrzyk, odbijając się echem w dolinie.

Wszyscy zamarliśmy i spojrzeliśmy z Abigail po sobie.

– Co to było? – zapytała.

Kolejny krzyk, tym razem głośniejszy, dochodzący z drugiego końca doliny. Może bliżej. Trudno powiedzieć.

– O nie – mruknął Josef, robiąc krok w tył.

Uniósł palec, wskazując na pobliską, górującą nad doliną grań.

Spojrzałem w tamtą stronę, ale nie widziałem wyraźnie. Na białym śniegu stało coś wielkiego i białego. Uniosło szpony, po czym opuściło je gniewnie na śnieg i znowu zaryczało. Sięgnąłem szybko po karabin i sprawdziłem amunicję.

– Kurwa – zakląłem. W magazynie zostało tylko kilka naboi. – Abby, ile masz…

– Pół magazynku – odparła, nim zdążyłem dokończyć zdanie.

W jaskini sprawdziłem swoje pistolety. Wiedziałem, że czeka w nich dwanaście kul.

– Josef, chłopie, masz w swojej torbie coś fajnego? – zapytałem, zerkając na niego z ukosa.

Wyjął broń, którą trzymał w ręce, kiedy go znaleźliśmy.

– Mam, ale to niewiele – przyznał.

Potwór ponownie zaryczał. Zaczął się zsuwać po zboczu, kierując się do doliny.

– Ogień! – szczeknąłem i wystrzeliłem ostatnie pociski z karabinu.

Zwierzę zamachało wielkimi łapami i rzuciło się w naszą stronę. Na drodze szponiarza stanęły strzały oddane przez Abigail. Bestia się przewróciła, tracąc równowagę w gęstym śniegu.

Szponiarz kotłował się w zaspie, próbując wstać. I cały czas się do nas zbliżał.

Jo chwycił żonę i odciągnął ją na bok. Jeszcze chwila, a to zwierzę by ją znalazło.

– Nic już nie mam! – zawołała Abigail

W tym momencie szponiarzowi udało się wstać. Jego białe ciało znaczyło wiele śladów po kulach, a z ran sączyły się strużki krwi. Mimo to pełen był determinacji, aby jego polowanie zakończyło się sukcesem.

Rzuciłem karabin w śnieg i wyjąłem pistolety.

Oddałem kilka szybkich strzałów z obu broni, trafiając zwierzę w klatkę piersiową, co wcale go nie spowolniło. Szponiarz przechylił głowę, a na jego ślepej twarzy malował się wyraz bezmyślności. Gdy odbezpieczyłem pistolet, zwierzę zastrzygło uszami, po czym odchylając łeb, wydało z siebie ostry krzyk, jakby kogoś przywoływało.

Oddałem trzy szybkie strzały, trafiając w ramię i szyję. Potwór zaryczał, odsłaniając ostre zęby.

– Celuj w oczy! – krzyknął Josef.

Będę miał tylko jedną szansę, aby to zrobić.

Gdy szponiarz ruszył w moją stronę, wstrzymałem oddech.

Kula trafiła w cel, przeszywając bestii czaszkę i wychodząc z drugiej strony, i zabierając ze sobą fragmenty mózgu i krew.

Szponiarz natychmiast padł na ziemię.

W pierwszej chwili nie mogłem w to uwierzyć. Wpakowaliśmy w niego tyle kul, że niczego nie mogłem być już pewny. Stałem i wpatrywałem się w porośnięte futrem cielsko, nie będąc w stanie wydobyć z siebie ani słowa. W głowie miałem cały czas myśl, że ten potwór zaraz wstanie.

Tak się jednak nie stało.

W końcu przełknąłem ślinę i opuściłem broń.

– Wszyscy cali i zdrowi? – zapytałem, spoglądając na Abigail.

Ona milczała, ale za to za mną rozległ się śmiech Josefa.

– Udało ci się! – wykrzyknął. – Och, dzięki przodkom!

Abigail powoli podeszła do martwego zwierzęcia, po czym się nachyliła, aby przyjrzeć się jego twarzy.

– Niezły strzał.

– Po prostu miałem szczęście. – Schowałem oba pistolety.

Wyprostowała się.

– Tak czy inaczej niezły.

W dolinie rozległ się nagły ryk. Oboje się odwróciliśmy.

Po pierwszym ryku rozbrzmiał kolejny, a nasze spojrzenia pobiegły na tę samą grań, gdzie dojrzeliśmy ostatniego szponiarza.

No i stał tam kolejny. Uniósł szpony w stronę nieba, wypełniając dolinę rykiem.

– Cholera! – warknęła Abigail. – Jeszcze jeden!

– Nie tylko jeden – powiedział Josef. – Patrzcie!

Zza grani wychynęły jeszcze dwie głowy. Chwilę później w jeden linii stały trzy szponiarze.

Stuknąłem w ucho, aktywując komunikator.

– Freddie, do jasnej cholery! – szczeknąłem. – Gdzie się, u licha, podziewacie? Zaraz będzie po nas!

Zwierzęta ruszyły w dół zbocza.

– Co my zrobimy?! – krzyknął Josef.

Odbezpieczyłem pistolet i wycelowałem w pierwszego szponiarza. Byłem przekonany, że bez dodatkowego wsparcia nie poradzimy sobie z tą trójką.

Nim jednak zdążyłem cokolwiek powiedzieć, usłyszałem dochodzący z góry niski pomruk silnika.

W śniegu tuż przed pierwszym szponiarzem wylądował pocisk. Krew trysnęła na wszystkie strony, osiadając na śniegu niczym kurz.

Zbuntowana Gwiazda wystrzeliła dwa kolejne pociski, które miały moc zniszczenia małego czołgu.

Szponiarze nie miały żadnych szans.

– Przepraszam za to opóźnienie, proszę pana – powiedział mi do ucha Sigmond. – Mam szczerą nadzieję, że nie spóźniliśmy się za bardzo.

– Siggy, ty przebiegły draniu! – wrzasnąłem takim tonem, jakby to były moje urodziny.

– Kapitanie! – wykrzyknął Freddie, machając przez okno w kokpicie. – Przepraszamy za spóźnienie! Nikomu nic się nie stało?

Spojrzałem na Abigail; wpatrywała się w cielska szponiarzy… a raczej to, co z nich zostało.

– Myślę, że nie. To co, może postawicie statek, tak byśmy mogli wejść na pokład?

– Już się robi, proszę pana – odparł Sigmond.

Obejrzałem się na Josefa i Lucię, którzy z szeroko otwartymi ustami wpatrywali się w Zbuntowaną Gwiazdę.

– Hej, wszystko w porządku? – zapytałem.

– T-to jest statek? – zapytał Josef, pokazując na Gwiazdę drżącym palcem i nie odrywając od niej wzroku.

– A owszem. – Uśmiechnąłem się z zadowoleniem. – I to nie byle jaki.

17

Położyliśmy Lucię na kanapie w saloniku. Kazałem Josefowi z nią zostać, natomiast cała reszta udała się na górny pokład ładowni.

– Dzięki, że po nas przylecieliście, chociaż tak się ociągaliście, że o mało nie zginęliśmy – rzuciłem, gdy za naszą czwórką zamknęły się drzwi. Zmrużonymi oczami spojrzałem na Freddiego, który wyglądał na tak skruszonego, jakby dopiero co zabił własną matkę. – Trzeba omówić kilka kwestii. W szczególności jedną.

– O co chodzi? – zapytała Dressler, wpatrując się we mnie z rękami splecionymi za plecami. – Coś się stało w czasie waszej nieobecności? Ma to jakiś związek z tym dziwnym starcem?

– Znaleźliśmy coś, czego on szuka – odparłem. – Abby?

Abigail kiwnęła głową i wyjęła z torby rdzeń trytowy.

Dressler otworzyła szeroko oczy.

– Gdzie to znaleźliście?

– Na dole, pod gigantyczną rośliną-potworem – wyjaśniłem.

Freddie i Dressler popatrzyli na mnie skonsternowani.

- Nie pytajcie - westchnąłem. - Jestem praktycznie pewny, że to coś nadal działa.

- Fascynujące - mruknęła naukowczyni i dotknęła szklanej obudowy. - I pomyśleć, że coś takiego skrywało się pod górą śniegu.

- Myśleliśmy o tym, aby oddać rdzeń Karin i jej ludziom - odezwała się Abby.

- Oddać? - zapytał Freddie. - Ale czy oni w ogóle potrafią używać czegoś takiego?

- I właśnie o to chcę zapytać, nim to zrobię - odparłem. - Josef od lat próbował go znaleźć. Według jego słów stary rdzeń się wyczerpuje. Nie wiadomo, ile konkretnie zostało mu czasu, ale w ramach oszczędzania energii wyłączają jeden system po drugim.

- Rozumiem. - Dressler powoli pokiwała głową. - Więc ten rdzeń rozwiąże całkiem sporo problemów.

- O to w tym właśnie chodzi - przytaknąłem.

Doktorka przez chwilę przyglądała się urządzeniu.

- Wobec tego, kapitanie, powinien pan tak zrobić - powiedziała, podnosząc wzrok na mnie.

- Myślisz, że powinienem go dać? - upewniłem się.

- Jeśli ma to im pomóc przetrwać.

Spojrzałem na Abigail, po czym wróciłem spojrzeniem do Dressler.

- Muszę przyznać, doktorko, że jestem zaskoczony twoją postawą.

- Dlaczego? Myśli pan, że skoro mam powiązania z Unią, to nie ma we mnie za grosz empatii? - zapytała.

Zachichotałem.

- Nie o to chodzi. Po prostu uznałem, że będziesz się martwić przekazaniem w ich ręce czegoś, co może się stać bronią masowego rażenia.

Kiwnęła głową.

– Oczywiście, ale sama technologia nie jest ani dobra, ani zła. Wszystko sprowadza się do posługujących się nią osób i ich intencji – wyjaśniła Dressler. – A z tego, co udało mi się dostrzec, w tym miejscu nie ma złych zamiarów. Jedynie wola przetrwania.

– Poza tym żyją z jednym rdzeniem już od dwóch tysięcy lat – dodał Freddie.

– Właśnie – przytaknęła Dressler. – Gdyby chcieli zrobić sobie nawzajem krzywdę, dawno by do tego doszło.

Poczułem, jak statek się przechyla, co oznaczało, że podchodzimy do lądowania.

– Jesteśmy na miejscu, proszę pana – odezwał się Siggy. – Proszę się przygotować do wyjścia.

Abby schowała rdzeń do torby.

– No to ruszamy.

Freddie otworzył drzwi i wyszedł z ładowni, za nim zaś Abigail.

Dressler wyraźnie się wahała; wpatrując się w konsolę, muskała kciukiem nadgarstek.

– Coś się stało? – zapytałem, zatrzymując się w drzwiach.

– Naprawdę zamierza pan przekazać coś tak cennego grupie osób, które ledwo pan zna?

Uśmiechnąłem się.

– Wiem. Głupie, prawda?

– Głupie?

– Jeszcze rok temu ukradłbym ten rdzeń i go sprzedał, bez zadawania żadnych pytań.

– A teraz? – zapytała.

Wzruszyłem ramionami.

– Chyba po prostu rozumiem, że jest im potrzebny bardziej niż mnie. Czemu zadajesz mi te wszystkie pytania, doktorko?

– Bez powodu – odparła i szybko mnie minęła. – Chodźmy.

W czasie kiedy ja i Abigail walczyliśmy ze szponiarzami i morderczymi roślinami, pozostali zadali sobie trud stworzenia stabilnego systemu komunikacji między Zbuntowaną Gwiazdą a podziemnym miastem. Wyglądało na to, że wzmacniacze świetnie sobie radziły i w każdej chwili mogłem się skontaktować z Karin i Janusem.

– Mamy zespół gotowy do tego, aby was eskortować – powiedziała Karin przez komunikator.

– Doskonale – stwierdziłem.

Stałem razem z pozostałymi w saloniku i byliśmy gotowi do opuszczenia statku.

– Będą na was czekać obok jaskini – dodała.

Podszedłem do ekspresu i nalałem sobie świeżą kawę.

– No to do zobaczenia.

Komunikator się rozłączył, a ja wziąłem łyk napoju.

– Fuj, co za paskudztwo.

– Czemu pan to pije, skoro tak bardzo mu nie smakuje? – zaciekawiła się Dressler.

– Jak się nie ma, co się lubi, i tak dalej. – Wzruszyłem ramionami.

Freddie nachylił się ku doktorce.

– Kapitan miał lepszy ekspres, ale się zepsuł. Ten zabraliśmy ze statku Unii.

– To znaczy ukradliście? – zapytała.

– C-cóż – wydukał Freddie. – To skomplikowane.

– Próbowano porwać mnie i Lex – wtrąciła Abigail.

– A pozostałych zamordować – uzupełniłem. – Przy najbliższej okazji zapytaj o to Alphonse'a.

– Dlaczego?

Odstawiłem kubek na blat i ruszyłem w stronę korytarza.

– Był jednym z nich.

Udaliśmy się do ładowni, skąd wyszliśmy na białe pole i skierowaliśmy się ku wiosce. Dzięki doświadczeniu i uzbrojonym strażnikom droga przez tunele zabrała nam naprawdę niewiele czasu.

Kiedy drzwi do kryjówki się otworzyły, ujrzałem w nich Karin. Na nasz widok się uśmiechnęła, kiedy jednak ujrzała Lucię niesioną przez dwóch żołnierzy, uśmiech zniknął z jej twarzy.

– Matko! – wykrzyknęła i podbiegła do niej.

– Oberwała, ale wyzdrowieje – wyjaśniła Abigail.

Karin już-już miała coś powiedzieć, kiedy zobaczyła wchodzącego za strażnikami Josefa.

– Ojcze?

Starzec się uśmiechnął i wyciągnął ręce. Podbiegła do niego, a on ją mocno przytulił.

– Karin! – Przycisnął policzek do jej włosów.

– Co tu robisz? – zapytała. – Sądziłam, że prowadzisz poszukiwania.

– Tak było, ale zajrzeli do mnie wasi nowi przyjaciele wraz z twoją matką – odpowiedział, uśmiechając się promiennie.

– Twój tata bardzo nam pomógł – oświadczyłem. – Przez tę śnieżycę nie mieliśmy dokąd pójść. Gdyby nie mieszkał w tej zapyziałej jaskini, może i byśmy pomarli.

– Cóż za przedziwne komplementy – stwierdziła Dressler.

– Robię, co mogę – odparłem i machnąłem do niej ręką.

Abigail dotknęła ramienia Karin.

– Musimy z tobą o czymś porozmawiać. Możesz poświęcić nam chwilę?

– Oczywiście. – Wyglądała na zaintrygowaną. – O co chodzi?

– Nie tutaj, proszę – powiedziała mniszka.

Karin kiwnęła głową.

– Chodźmy w takim razie do sali obrad – zasugerowała.

– Tam, dokąd zabrał nas Janus? – zapytałem.

Przytaknęła.

– Jego także mam zaprosić?

– Jasne – odparłem. – Zresztą i tak powinien to usłyszeć.

– A co z Lucią? – zapytał Freddie.

– Dam sobie radę – odezwała się staruszka. – Zajmijcie się swoimi sprawami. Razem z Josefem będziemy w centrum medycznym. Zdrzemnę się w kapsule, a za kilka godzin będę jak nowo narodzona.

– Macie kapsułę medyczną? – zdziwiła się Abby.

– Nawet dwie – powiedziała Karin.

Zaskoczony uniosłem brwi.

– Nic nam o tym nie mówiliście. Jaka jeszcze technologia skrywa się w tym miejscu?

– Chciałbyś wiedzieć, co? – zachichotała Lucia.

Gdy siedzieliśmy już przy stole, zmaterializował się Janus. Nim którekolwiek z nas zdążyło się odezwać choć słowem, spojrzał na Abigail.

– Czy to jest to, o czym myślę?

Otworzyła usta, po czym je zamknęła.

– Co masz na myśli? – zapytała w końcu.

– Przedmiot w twojej torbie – odparł Kognitywny.

– Wiesz co tam jest? – zapytałem.

Kiwnął głową.

– Emitery w tym pomieszczeniu potrafią wykryć pewne urządzenia, metale i emisję energii. Obecność tego rdzenia aktywowała wewnętrzny alarm.

– Alarm? – zdziwił się Freddie.

– Przypuszczalnie z powodu niebezpieczeństwa kryjącego się w rdzeniu – zasugerowała Dressler.

– Otóż to – zgodził się Janus. – Wolno mi spytać, kapitanie, gdzie znaleźliście takie urządzenie? A także dlaczego je tu przynieśliście?

Karin spojrzała na mnie.

– O czym on mówi?

Spojrzałem znacząco na Abigail, ta zaś wyjęła z torby rdzeń trytowy i położyła go na stole.

– Znaleźliśmy go w drugim obiekcie – wyjaśniła.

– To rdzeń trytowy? – Karin zamrugała, jakby w życiu czegoś takiego nie widziała. – M-mój ojciec miał rację!

– To prawda – przyznałem. – Znaleźliśmy rdzeń niedaleko obszaru, na którym prowadził poszukiwania. Tak się złożyło, że leżał na dnie jamy wypełnionej roślinami pożerającymi ludzi.

Nachyliła się nad stołem i przyjrzała urządzeniu.

– Niesamowite – mruknęła.

– Nie macie takiego rdzenia? – zapytałem.

– Mamy, ale nigdy go nie widziałam – odparła.

– Nasz rdzeń znajduje się w trzech obudowach ochronnych. Z powodu jego niestabilności zabroniłem się do niego zbliżać – wyjaśnił Janus.

– Nie da się go ruszyć? – zapytałem.

Pokręcił głową.

– Da, ale tylko przy zachowaniu najwyższej ostrożności. Zważywszy na brak rdzenia zastępczego, nie podejmowaliśmy takiego ryzyka. Rdzeń działał, aczkolwiek w ograniczonym stopniu, postanowiliśmy więc pozostawić go tam, gdzie jest, do czasu, aż uda się zlokalizować kolejny.

– W takim razie wygląda na to, że to wasz szczęśliwy dzień – oświadczyłem.

Karin otworzyła szeroko oczy.

– Zamierzacie nam go dać?

– Tylko jeśli mi udowodnicie, że go rozumiecie – odparłem.

– To znaczy?

– Jace chce mieć pewność, że nie wysadzicie się przypadkiem w powietrze – odezwała się Abigail.

Dressler odchrząknęła.

– Nie jest to wcale takie niemożliwe – rzekła.

– Po zainstalowaniu nowego rdzenia uruchomiony zostanie protokół zamknięcia – wyjaśnił Janus. – Systemy powrócą do pełnej funkcjonalności.

– I co się wtedy stanie? – zapytał Freddie.

– Zostanie przywrócone pełne zasilanie – odparł Janus.

– No ale co to oznacza? Jakie inne systemy zaczną działać?

– Na przestrzeni pięciuset ostatnich lat funkcjonalność utraciło osiemdziesiąt siedem systemów – powiedział Kognitywny. – Między innymi kilka syntezatorów pożywienia, dodatkowe stanowiska medyczne, globalne łącza satelitarne, pojazdy transportowe o małym i dużym zasięgu, no i broń.

– Jaka to była broń? – zaciekawiłem się.

Janus machnął ręką i na ścianie pojawiło się kilka obrazów.

– Na tej planecie początkowo znajdowało się sześć wyrzutni rakietowych ziemia–powietrze, w tym dwie połączone z tym akurat obiektem. Poza tym na orbicie mamy dwie satelity o właściwościach obronnych.

– To oznacza, że gdybyście chcieli, to możecie wysadzić statek z Ziemi? – zapytała Abigail.

– W rzeczy samej – przytaknął Janus. – Aczkolwiek do czegoś takiego mogłoby dojść wyłącznie w przypadku bezpośredniego zagrożenia.

– Na przykład ze strony ludzi, o których nam mówiliście – wtrąciła Karin.

To wszystko zmieniało. Jeśli dam im ten rdzeń, będą mieli możliwość wysadzić w powietrze mój statek. I jednocześnie mogliby się bronić, w razie gdyby znalazła ich Unia.

– Dlaczego wchodząc do tego układu, nie widzieliśmy satelitów? – zapytał Freddie.

– Możliwe, że do tej pory zdążyły się rozpaść – wyjaśnił Janus. – W sumie jest to bardzo prawdopodobne. Dwa tysiące lat to dużo jak na satelitę.

Tak czy inaczej, trzeba mieć na względzie zainstalowane na lądzie wyrzutnie rakietowe.

Wstałem i spojrzałem znacząco na Abigail.

– Musimy porozmawiać na korytarzu – rzekłem do niej.

Od razu wstała.

– Przepraszamy was na chwilę.

Karin i Janus zgodnie pokiwali głowami.

– Oczywiście. Rozumiem to – zapewniła.

Wyszliśmy z sali.

– Dokąd idziemy? – zapytała mnie Abigail.

– Tędy. – Skierowałem się w stronę wyjścia.

Na mój widok strażnik otworzył drzwi.

– Wychodzicie? – zapytał.

– Tylko na chwilę. Zapukamy, kiedy będziemy chcieli znowu wejść – odparłem.

Skinął głową i zrobił nam przejście.

Ja i Abigail odeszliśmy kawałek. Stary tunel miał kilka źródeł sztucznego światła, spowijającego ściany łagodną poświatą.

Oparłem się o barierkę i skrzyżowałem ręce na piersi.

– No i co myślisz? – zapytałem.

– Na tym etapie tak naprawdę nie mamy wyboru – odparła. – Mogliby nam to w każdej chwili odebrać. Co mielibyśmy zrobić, aby ich powstrzymać?

– Dobra uwaga – przyznałem.

– Ale gdyby chcieli nas zabić albo zabrać statek, już by to zrobili.

– Jak na ludzi z zerowym doświadczeniem w kontaktach z innymi kulturami, mają prawdziwy talent dyplomatyczny – oświadczyłem.

– No i musimy myśleć także o Unii – dodała Abby. – Jeśli znajdą to miejsce, rozprawią się z nim na amen. Gdybyśmy tak to zostawili, dalibyśmy Brighamowi główną nagrodę.

– Coś ty – mruknąłem. – Oboje wiemy, że tą nagrodą jest Lex.

– No to prawie główną – odparła i uśmiechnęła się lekko.

Przez chwilę oboje milczeliśmy, pozwalając, aby dotarła do nas powaga sytuacji. W czasie, jaki spędziliśmy na ten planecie, tyle się działo, że łatwo zapomnieć o tym, co jest naprawdę ważne.

– Dobrze – powiedziałem w końcu. – Zrobimy tak, skoro uważasz, że to właściwy krok.

– Kto to może wiedzieć? – Uśmiechnęła się. – Ale czasami trzeba po prostu zaryzykować. – Nachyliła się w moją stronę.

Usłyszałem nagłe kliknięcie.

- Proszę pana, przepraszam, że przeszkadzam - odezwał się
Sigmond.

Odsunąłem się od Abby i dotknąłem ucha.

- O co chodzi?

- Na granicy układu wykrywam tworzącą się szczelinę w Slipspace - wyjaśnił. - W tym samym miejscu, z którego wylecieli-
śmy.

Spojrzałem na Abigail. Dotknęła swojego komunikatora.

- Sigmond, kto to jest? Jesteś to w stanie odczytać?

- Jeśli moje skany się nie mylę, to statek Unii - odparł. A krótkiej chwili dodał: - Potwierdzam. Nadlatujący statek to Galaktyczny Świt.

18

Wbiegliśmy, spanikowani, do sali konferencyjnej.

– Musimy spadać! – rzuciłem do Freddiego i Dressler.

– Coś się stało? – zapytał Janus.

– Do tego układu wlatuje unijny transportowiec – wyjaśniłem.

– To ci ludzie, o których wam mówiliśmy – dodała Abigail.

Karin otworzyła szeroko oczy.

– Ci, którzy was ścigają?

Kiwnąłem głową.

– Właśnie ci. Jeśli się stąd nie wyniesiemy, zmiotą z powierzchni cały ten obiekt, a nas razem z nim.

– Co z rdzeniem? – zapytała Dressler.

– Zgodziliśmy się co do tego, że możecie go wziąć – powiedziała Abigail, spoglądając na Karin. Wręczyła jej torbę.

– Sugeruję, abyście zainstalowali go tak szybko jak się da, i uruchomili tę całą swoją broń – dodałem.

Karin wyjęła z torby rdzeń i spojrzała na Janusa.

– Chodźmy.

– Emitery nie działają. Nie będę w stanie was kierować – rzekł Kognitywny.

Dressler zrobiła krok w jego stronę.

– Być może uda mi się pomóc. Miałam już z czymś takim do czynienia.

– To nie to samo co instalacja – stwierdziłem.

– Może nie, ale tak czy inaczej mam większe doświadczenie niż pozostali. Zresztą jaki mamy wybór?

– Josef – odezwał się Freddie. – Dobrze kojarzę, że przez ostatnie lata uczył się o tych rzeczach?

– Hej, on ma rację – przyznała Abigail.

Freddie uśmiechnął się.

– Skoro wie, w jaki sposób działają, przypuszczalnie wie także, jak zainstalować taki rdzeń.

– Gdzie on jest? – zapytała Dressler.

Spojrzałem na Karin.

– Stanowisko medyczne?

Kiwnęła głową.

– Chodźcie za mną.

Josef siedział obok kapsuły z Lucią w środku. Spała, a tymczasem urządzenie uzdrawiało jej ciało.

Na nasz widok się uśmiechnął.

– No i co słychać?

– Potrzebna nam twoja pomoc w zastąpieniu starego rdzenia trytowego nowym – oświadczyłem, podchodząc do niego.

Spojrzał na mnie zdziwiony.

– Chcesz powiedzieć, że macie taki rdzeń?

– Tak – potwierdziłem. – Znalazłem go krótko przez naszym poznaniem, a teraz musimy go użyć. Pomożesz?

– Właśnie o tym mówiłeś na śniegu, kiedy twierdziłeś, że możesz nam pomóc? – zapytał.

Kiwnąłem głową.

– I w tej chwili w naszą stronę zmierza statek. Zanim tu dotrze, musimy uruchomić system obrony.

Spojrzał na stojącą obok mnie Karin.

– Czy to prawda?

Zrobiła krok w jego stronę.

– Tak. Przykro mi, ojcze. Wiem, że nie chcesz jej teraz zostawiać, ale…

– Nie, rozumiem – przerwał jej. – Nie możemy ryzykować życiem naszych ludzi. Już idę. Tylko… zaczekajcie chwilę.

Ja i moja załoga cofnęliśmy się o kilka kroków.

– Opiekuj się matką w moim imieniu, Karin – rzekł i pocałował córkę w policzek.

– Nie martw się, ojcze. Dobrze się nią zajmę.

– Grzeczna dziewczynka. – Uśmiechnął się, po czym spojrzał na twarz śpiącej żony widoczną przez szybę. – Odpoczywaj, moja kochana.

Po tych słowach odwrócił się i zaczął iść.

– Ale kapitanie! – zaprotestował Freddie.

– Rób, co każę, Fred. Ktoś musi być na statku, na wypadek gdybyśmy potrzebowali dodatkowej broni. Tym kimś jesteś ty.

– A jeśli będę potrzebny w jaskiniach? – zapytał.

– Mam Abigail i zespół wyszkolonych żołnierzy. Dam sobie radę. Twoje zadanie jest ważniejsze. Ten transportowiec może tu wysłać swoje myśliwce, a to oznacza, że ty i Siggy musicie pozostawać w pogotowiu.

Przełknął ślinę, nerwowo drapiąc się po ręce.

– N-nie zawiodę pana, kapitanie.

– Wiem. Dlatego poprosiłem o to ciebie, a nie Abby. – Spojrzałem na pozostałych. – Wszyscy gotowi?

Przede mną stali Josef, Abigail i żołnierze, wszyscy uzbrojeni i gotowi do działania. Nawet Dressler wyglądała tak, jakby gotowa była na wojnę.

– Rdzeń centralny znajduje się pod nami – oświadczył Josef.

– Wobec tego prowadź – poleciłem.

Uśmiechnął się i ruszył w stronę najbliższego wyjścia. Za nim pozostali z wyjątkiem Dressler, która cofnęła się do Freddiego.

Czekałem na nią w drzwiach.

– Coś się stało? – zapytałem.

Zawahała się. Widać było, że coś ją gryzie.

– Ja… – Urwała. – Kiedy poprosił mnie pan o naprawienie silnika… znalazłam coś.

– Ale co? – zapytałem, robiąc krok w jej stronę.

– Nie umiałam naprawić silnika. Nie jestem specjalistką od napędów ślizgowych – wyjaśniła. – Mam jednak pewne doświadczenie w pelerynach. Projektowałam je przez kilka lat.

Uniosłem brew.

– Obejrzałaś moją pelerynę?

– Pobieżnie, ale zorientowałam się, że to projekt Unii. Łatwo to dostrzec, jeśli się na tym zna. – Machnęła ręką. – No ale mniejsza z tym. Po tym jak pan i Abigail opuściliście statek, Frederick i ja mieliśmy mnóstwo wolnego czasu, dlatego skupiłam się na sposobie zablokowania transpondera. Nie było to trudne.

– Naprawiłaś pelerynę? – Nie wierzyłem własnym uszom. – Czemu mi o tym nie powiedziałaś?

– A jak pan myśli? – prychnęła. – Nie miałam nawet pewności, czy w ogóle powinnam go blokować, no ale gdyby Unia was znalazła, toby zaatakowała, a nie miałam ochoty ginąć.

– Zrobiłaś to tylko po to, aby uratować własną skórę? – zapytał Freddie.

– Wiem, że okropnie to brzmi, ale jesteście bandą kryminalistów. Co wy byście zrobili na moim miejscu?

– Przypuszczalnie to samo – przyznałem.

– Szczerze mówiąc, zastanawiałam się, czy powinnam ponownie ją aktywować – przyznała. – Ale po tym jak oddaliście tamten rdzeń… gdy zobaczyłam, jak ryzykujecie życiem dla tych ludzi… – Urwała i zaczerpnęła powietrza. – Cóż, rozumie pan.

– Chyba jednak nie. – Podszedłem do niej. – Musisz mi to doprecyzować, doktorko.

Przewróciła oczami.

– Doskonale pan wie, co chcę powiedzieć. Proszę nie udawać głupiego. – Minęła mnie. – Chodźmy, zanim zostaniemy w tyle.

Razem z Freddiem patrzyliśmy, jak kieruje się w stronę tunelu.

– Chyba zaczyna się do nas przekonywać – stwierdził Fred.

– Nie ona pierwsza – odparłem z przebiegłym uśmiechem.

Mieszkańcy patrzyli, jak biegniemy przez korytarze, zapewne zastanawiając się, co się dzieje. Wkrótce się dowiedzą, gdy tylko Janus i Karin wszystko im wyjaśnią. Ale czy to zrozumieją? Olbrzymi transportowiec z nieznanego imperium leciał, aby ich zniszczyć? Czemu ktoś miałby chcieć zrobić coś takiego?

W sumie zazdrościłem im ignorancji. Choć ich świat krył w sobie wiele niebezpieczeństw, był na tyle daleko od pozostałej części galaktyki, że znajdowali się w czymś w rodzaju bańki. Nigdy nie słyszeli o Sarkonijczykach, Unii czy Renegatach.

Może to moja wina. To przecież ja kazałem mojemu statkowi wylądować w ich świecie. Gdyby tak się nie stało, możliwe, że do końca życia nie odkryliby świata zewnętrznego.

No cóż, co się stało, to się nie odstanie.

Josef sprowadził nas po schodach do kolejnego korytarza. Janus aktywował światło awaryjne, które choć trochę oświetlało nam drogę.

Gdy dotarliśmy do następnych schodów, usłyszałem, że mój komunikator się aktywuje.

– Kapitanie, słyszy mnie pan? – zapytał Freddie.

– Słyszę. Co się dzieje?

– Sigmond mówi, że Unia już tu leci.

– Zgadza się – odezwał się Siggy. – Galaktyczny Świt obrał kurs na tę planetę i wkrótce powinien tu dotrzeć.

Zbiegałem ze schodów razem z pozostałymi.

– Macie się przenieść w bezpieczną lokalizację. Niech peleryna pozostaje aktywowana i nie strzelajcie, dopóki nie dostaniecie mojego rozkazu. Zrozumiałeś, Fred?

– R-rozumiem! – odparł.

– A teraz się rozłącz! – warknąłem. – Muszę się skupić na…

Ściana przed nami eksplodowała, a na ziemi wylądowały kamienie i fragmenty metalu. Zaczęliśmy się wycofywać.

Przed sobą miałem Josefa. O mało się nie potknął, kiedy doszło do eksplozji, ale udało mi się chwycić go za ramię i podtrzymać.

Z otworu wyłoniła się ogromna postać. Z rykiem wymachiwała łapami. Pochwyciła stojącego najbliżej żołnierza i wbiła mu szpony prosto w brzuch.

Otworzyliśmy ogień i korytarz wypełnił taki huk, że to cud, że cała struktura się na nas nie zawaliła.

Żołnierze wystrzelili mnóstwo wiązek energii, trafiając szponiarza w brzuch. Jak na razie była to najszybsza rozprawa z tym potworem.

Zwierzę upadło w kałużę własnej krwi, z żołnierzem nadal nadzianym na szpony. Ten człowiek nie żył, nie mogliśmy go tu jednak zostawić. Dwóch jego towarzyszy zabrało go i oparło o ścianę, po czym dla pewności sprawdzono mu puls.

Spodziewałem się jakiegoś rytuału, nic takiego jednak nie zobaczyłem. Jedynie chwila ciszy, w czasie kiedy jego przyjaciele – ludzie, których znał całe swoje życie – zamknęli mu oczy i ułożyli ręce na kolanach.

Żadnego pożegnania. Żadnych łez.

Obserwując ich, zastanawiałem się, czy to wszystko jest normalne – skoro tak długo żyli w towarzystwie bólu, to może nie znali niczego innego.

W tym momencie pomyślałem o Lex…

I podziękowałem bogom, w których nie wierzyłem, że nigdy nie musiała mieszkać w miejscu równie potwornym jak to.

19

Po niecałych piętnastu minutach dotarliśmy do pomieszczenia z rdzeniem systemowym.

Josef wstukał kod do panelu przy drzwiach i chwilę później znaleźliśmy się w środku. Całość spowijało delikatne pomarańczowawe światło, niemal odprężające.

To znaczy tak uważałem, dopóki nie zobaczyłem małych kopczyków.

– Jace… – mruknęła Abigail.

Uniosłem rękę.

– Josef – szepnąłem. – Podczas twojej ostatniej bytności te kości już tu leżały?

– Nie. To coś nowego.

Zerknąłem na stojącego najbliżej żołnierza.

– Też tak uważasz?

Mężczyzna kiwnął głową.

– Niech wszyscy zachowają czujność – rzuciłem cicho. – Idziemy.

Szliśmy chyłkiem przez pomieszczenie, omijając leżące na ziemi kości. Przed nami znajdowała się platforma, do której prowadziły niewysokie schody. Na jej końcu widziałem już urządzenie, centralny punkt tego miejsca, powód jego istnienia.

Za to wzdłuż ścian wypatrzyłem kilka utworzonych przez zwierzęta otworów, które prowadziły do tuneli. Znaleźliśmy coś w rodzaju gniazda, nie wiedzieliśmy tylko, czy jest używane, czy nie.

Nie minęło kilka sekund, a dotarliśmy do schodów. Gdy po nich wchodziłem, serce waliło mi jak młotem.

W końcu od urządzenia dzieliło nas nie więcej niż dwadzieścia metrów.

Tyle że między nami a nim znajdowały się kolejne kopczyki, tym razem inne.

– O bogowie – szepnęła Dressler.

Wpatrywała się w to samo co ja: leżące na środku kopczyków czaszki. W przeciwieństwie do wcześniejszych te zdecydowanie należały do ludzi.

– Spokojnie – powiedziałem do niej.

Ale po jej oczach widziałem, że górę nad nią bierze strach.

– T-to jest barbarzyństwo. – Głos jej drżał. – To są potwory! One…

Chwyciłem ją za ramię.

– Usłyszą cię, jeśli się nie przymkniesz!

– A-ale…

Obok mnie znalazła się Abigail. Delikatnie ujęła naukowczynię za nadgarstek i posłała jej uspokajające spojrzenie.

Dressler przełknęła ślinę i lekko skinęła głową.

Wskazałem na urządzenie, pozwalając, aby pozostali szli dalej.

Wtedy to usłyszałem.

TRZASK.

Odgłos ten odbił się echem od ścian. Wszyscy się obejrzeliśmy i popatrzyliśmy na jednego z żołnierzy na końcu grupy. Z konsternacją malującą się na twarzy spojrzał pod nogi. Nie było tam żadnych kości, niczego, co by wskazywało na to, że na coś nadepnął.

TRZASK.

Staliśmy w bezruchu. Nie potrafiłem zlokalizować źródła tego dźwięku.

TRZASK.

TRZASK.

Przeniosłem spojrzenie na koniec pomieszczenia, gdzie stało urządzenie. Dźwięk chyba dochodził stamtąd.

Z boku pojawił się cień, mały i powolny.

Wyciągnąłem broń. Abigail zrobiła to samo, pozostali żołnierze także. Razem patrzyliśmy i czekaliśmy.

Naszym oczom ukazała się postać wysoka na pół metra, cała pokryta białym futrem. Wyglądała jak mały szponiarz. Zastrzygła uszami, nachylając głowę w naszą stronę. Obserwowaliśmy z zaciekawieniem, jak zwierzę, drepcząc, wychodzi na środek pomieszczenia.

Szybko zauważyłem, że jego szpony nie są jeszcze rozwinięte, ale było to z pewnością to samo stworzenie. Zdradzało je ciemne miejsce tam, gdzie powinny znajdować się oczy.

– Chuchukuu – pisnął maluch.

Abigail odetchnęła z ulgą i opuściła broń.

– To tylko młodziak – powiedziałem, robiąc krok w jego stronę.

Poczułem na ramieniu czyjąś rękę.

- Zaczekaj. - To Josef.

Obejrzałem się na niego.

- Co jest? Ten maluch plunie na mnie trucizną? Wcale bym się nie zdziwił.

- Nie, ale szponiarze nigdy nie zostawiają na długo swoich młodych. Matka wkrótce wróci - wyjaśnił.

- Tylko ona? - zapytałem.

Przytaknął.

- Podejrzewam, że to jest gniazdo, w którym mieszka matka z młodymi.

- A to ulga.

Pokręcił głową.

- Nie widzieliście matek, prawda?

- W takim razie nie czekajmy na nią - odezwała się Abigail. Z torby wyjęła rdzeń i podała go Josefowi. - Pospiesz się.

Wziął od niej rdzeń.

- Oczywiście. Janus, jesteś tutaj? Słyszysz mnie?

- Słyszę - potwierdził Kognitywny. Jego głos dochodził z głośnika wiszącego na ścianie.

- Otwórz, proszę, barierę, tak bym mógł wymienić rdzeń - powiedział Jo.

- Już otwieram - odparł Janus.

Urządzenie przed nami zaczęło emitować niskie buczenie. Zaskoczyło to małego szponiarza, który czmychnął do tyłu.

- Chu! - wykrzyknął maluch, o mało się nie przewracając. - Chuchukuu!

Pierwsza ochronna warstwa metalu się uniosła i przesunęła na ścianę.

Chwilę później to samo stało się z drugą warstwą, a potem trzecią. Ten, kto skonstruował to urządzenie, wiedział, jak nie-

bezpieczny może być rdzeń trytowy, dlatego wprowadził tyle za-
bezpieczeń.

Josef podszedł do urządzenia i wstukał kod. W środku rozbły-
sło światło, a następnie odsunęła się niewielka szyba osłaniająca
rdzeń.

Mężczyzna spojrzał na mnie.

– Zrób to – potwierdziłem stanowczym tonem.

Josef kiwnął głową i wyjął z otworu stary rdzeń.

Urządzenie w odpowiedzi zamilkło, wszystkie światła
zaś przygasły. Podał rdzeń Abigail, która schowała go do torby.
Następnie wsunął poziomo nowy rdzeń i pozwolił, aby rozległo
się kliknięcie sygnalizujące, że trafił tam, gdzie jego miejsce.

Gdy tak się stało, maszyna zaryczała, wypełniając pomieszczenie ogłuszającym hałasem. Tak głośnym, że nie usłyszałem, kiedy
Abigail próbowała coś powiedzieć.

– Co? – zapytałem.

Wskazała na ucho i podjęła jeszcze jedną próbę.

Josef odsunął się od urządzenia i pozwolił, aby warstwy zabez-
pieczające wróciły na miejsce.

Chwyciłem go za ramiona i krzyknąłem mu w twarz:

– Co się, u licha, dzieje?!

– To restart! – odkrzyknął. – Trzeba zaczekać!

W tym momencie hałas ucichł i zapadła nagła cisza. Światła
się rozjarzyły, nabrawszy nowej mocy.

– Chu! – zawołało szponiarzątko.

Dressler spojrzała na mnie, nadal zasłaniając dłońmi uszy.

– To najgorsza sekwencja startowa, jaką w życiu widziałam!

– Najmocniej przepraszam – odezwał się Janus, materializując
się przed nami. – Przed aktywacją nowego rdzenia system musiał
przejść jeden cykl.

Na jego nagłe pojawienie się żołnierze zareagowali uniesieniem broni. Po chwili zorientowali się, kto to taki.

– Rozumiem, że to oznacza, że emitery już działają – powiedziałem.

Kognitywny uśmiechnął się.

– Na to wygląda. Bardzo wam wszystkim dziękuję.

– Co teraz? – zapytała Abby.

– Karin autoryzowała użycie pocisków dalekiego zasięgu – odparł Janus. – Wróćcie, proszę, na górny poziom, a ja tymczasem rozpocznę proces aktywacji. Potrwa to kilka minut.

– Jak silna jest wasza ochrona? – zapytałem. – Czy naprawdę jesteście w stanie powstrzymać coś tak potężnego jak Galaktyczny Świt?

– Jeśli pociski rakietowe nie uległy uszkodzeniu, spodziewam się, że mogą narobić sporo szkód.

– Chu! – wrzasnął maluch. – Chu, chu!

Pod stopami poczułem nagłe wibracje.

ŁUP.

– Chu! – krzyknęło zwierzątko.

Kolejne wibracje.

ŁUP.

Powoli przeniosłem wzrok na Abigail.

– Wraca mamusia.

– Przygotujcie się wszyscy do obrony – zarządził Janus.

Żołnierze uformowali wokół nas niewielki krąg, ale ja odsunąłem tego, który stał najbliżej mnie.

– Z drogi – burknąłem. Nie zamierzałem pozwolić, aby ktoś inny wykonywał za mnie brudną robotę.

Mały szponiarz znowu zawołał:

– Chuchukoo!

ŁUP.

ŁUP.

ŁUP.

Czułem każdy krok tego stworzenia, o wiele silniejszego niż dotychczasowe. O wiele większego.

Tunel się zatrząsł, a z sufitu zaczęły spadać drobne kamyki.

Łapy potwora okazały się mniejsze niż do tej pory, szpony także. Zwierzę przemieszczało się na czterech łapach.

Matka zatrzymała się w wyjściu z tunelu, zastrzygła uszami i wydała krótki okrzyk:

– Eepo! Eepo!

Maluch wstał niezdarnie z ziemi.

– Chu! Chu!

Plecy matki pękły. Ze środka wyślizgnęło się sześć łap, niczym owadzie odnóża. Chwyciła nimi swoje dziecko i umieściła na plecach.

Staliśmy z bronią wycelowaną w potwora, czekając na to, co zrobi.

Samica szponiarza przechyliła głowę i kilka razy zastrzygła uszami. Zrobiła krok w naszą stronę i się zatrzymała.

Przełknąłem ślinę i poczułem, jak po karku spływa mi kropla potu. Słyszałem, jak stojący obok mnie żołnierze nerwowo przestępują z nogi na nogę. „Ona wie, że tu jesteśmy", pomyślałem, obserwując stworzenie.

Matka się cofnęła i złożyła owadzie nogi, aby zasłonić maleństwo w swojej torbie. Rzuciła cicho:

– Eepo.

Na co dziecko odparło:

– Chu.

A potem się odwróciła i oddaliła tunelem, zostawiając nas samych. Ziemia drżała, kiedy samica zanurzała się w ciemności.

– O bogowie – mruknęła Dressler.

– Dlaczego nie zaatakowała? – zapytała Abby.

– Może chroniła swoje dziecko – powiedziała naukowczyni. – Atak mógłby je narazić na niebezpieczeństwo.

Odetchnąłem z ulgą.

– Spierdalajmy stąd. Mam po dziurki w nosie tego koszmaru.

20

Wróciliśmy cali i zdrowi, nie natykając się tym razem na kolejnych szponiarzy. I dobrze, bo Galaktyczny Świt lada chwila miał dotrzeć na orbitę.

– Namierzyliśmy go – powiedział Freddie przez komunikator. Zbuntowana Gwiazda dryfowała blisko orbity, niewidoczna dzięki aktywacji peleryny. – Nadal ma obrany kurs na planetę.

– A konkretnie na pańską obecną lokalizację – uzupełnił Siggy.

Zakląłem i pokręciłem głową.

– W miarę możliwości nie zbliżajcie się. Na razie czekajcie.

– Tak jest – odparł Sigmond.

Staliśmy wszyscy wokół stołu konferencyjnego. Spojrzałem na Karin.

– Jakie są opcje?

Obok niej zmaterializował się Janus.

– Systemy obronne są właśnie aktywowane. Na razie wygląda na to, że nic nie uległo uszkodzeniu.

– W takim razie bądźcie gotowi do ich użycia – poleciłem.

– Jest coś jeszcze – powiedział Kognitywny. – Wydaje mi się, że jestem w stanie aktywować tarczę tej stacji, a przynajmniej jej część.

– Co to oznacza? Jaką część? – zapytała Abigail.

– Tarcza została stworzona w celu ukrycia wszystkich trzech obiektów, ale jej funkcjonowanie uzależnione było od wszystkich trzech rdzeni trytowych. Jako że dwa pozostałe obiekty nie mają już aktywnych rdzeni, mogę użyć jedynie…

– Tego nowego – dokończyła Dressler. Otworzyła szeroko oczy. – Jeśli to zrobisz, możliwe, że energia rdzenia ulegnie wyczerpaniu.

– Istnieje taka możliwość – przyznał Janus.

– Sądziłem, że jest w pełni naładowany – wtrąciłem.

– Bo jest. Niemniej przesyłałby wtedy o wiele więcej energii niż powinien. Rdzenie trytowe automatycznie się ładują podczas pracy. Jeśli przekroczą swój planowany przesył, może się to skończyć całkowitym wyczerpaniem.

– Dałoby się ograniczyć rozmiar tarczy? – zapytała Dressler. – Tylko do tego obiektu?

– Sądzę, że to możliwe, aczkolwiek nie to jest jedyny problem – odparł Janus.

– Co jeszcze? – zapytałem.

Kognitywny machnął ręką, przez co obraz na ścianie się zmienił. Naszym oczom ukazał się wkraczający na orbitę Galaktyczny Świt.

– Jeśli ten statek jest tak potężny, jak twierdzicie, może zbombardować tarczę. Mając na uwadze stan tutejszej architektury, długo raczej nie wytrzyma.

– Ale może się udać – powiedziałem.

Janus kiwnął głową.

– Tymczasowo.

– Kiedy mówisz, że waszym systemom wróciła funkcjonalność, tyczy się to także komunikacji? – zapytała Dressler.

– A konkretnie?

– Daleki zasięg – odparła. – Poza tę planetę. Poza układ.

– Gdybym usłyszał to pytanie tysiąc lat temu, przypuszczalnie odparłbym, że tak – kontynuował Janus. – Teraz jednak po prostu nie wiem.

Przez chwilę milczała i drapała się po uchu.

– Hmm.

Atmosfera coraz bardziej gęstniała.

– Na litość boską, doktorko, o co ci, u licha, chodzi? – wyrzuciłem w końcu z siebie.

Wzdrygnęła się.

– Ach, przepraszam, kapitanie, musiałam pomyśleć. – Spojrzała na Janusa. – Czy mógłbyś wysłać sygnał o długim zasięgu, we wszystkich kierunkach? Coś, co wychwycić może tylko stary ziemski statek?

– To by zależało od tego, w jakim stanie są po takim czasie systemy komunikacji – odparł Kognitywny.

– Ale jeśli działają, to możesz tak zrobić?

Kiwnął głową.

– Oczywiście.

Dressler posłała mi złośliwe spojrzenie.

– Oto pańska odpowiedź. Możemy wysłać wiadomość do Tytana i podać naszą lokalizację.

Zaskoczyła mnie. Takie rozwiązanie w ogóle nie przyszło mi do głowy. Gdyby się udało, Athena i pozostali mogliby rzeczywiście przylecieć i nas uratować.

– Myślisz, że dasz radę tak zrobić? – zapytałem w końcu Janusa.

– Mogę spróbować – odparł.

– Chwileczkę – wtrąciła Karin. – To, co mówicie… brzmi tak, jakbyście zamierzali toczyć walkę z tymi ludźmi. Naprawdę sądzicie, że do tego dojdzie? Nie ma możliwości, abyśmy porozmawiali z nimi i osiągnęli jakiś kompromis?

Odpowiedzi udzieliła jej Abigail.

– Ten świat wart jest więcej niż cokolwiek, na co natknęli się do tej pory. Zrobią wszystko, co tylko w ich mocy, aby tym zawładnąć.

Karin spuściła wzrok.

– Po tylu latach nasz pierwszy kontakt z pozostałą częścią galaktyki będzie naznaczony wrogością. – I westchnęła.

– Dacie sobie radę – zapewniłem.

– Jak? – zapytała. – Z twoich słów wynika, że ci ludzie mają więcej zasobów. My wykorzystujemy resztki tego, co pozostawili nasi przodkowie. Ten sprzęt nie był w żaden sposób konserwowany. Nie mamy nawet statków.

– Statki – mruknąłem, niemal do siebie.

– Co powiedziałeś, Jace? – zapytała Abby.

Wcześniej w ogóle o tym nie myślałem, ale przecież na Zbuntowanej Gwieździe nadal znajdował się prom. Nie dało się go używać, bo znajdowaliśmy się tak daleko od Tytana, ale może teraz, po aktywowaniu nowego rdzenia…

– Janus, wiesz coś o tym statku, który miałem na Gwieździe? – zapytałem.

– O tym statku szturmowym bliskiego zasięgu?

– Właśnie tak. Wygląda jak ogromny trójkąt – wyjaśniłem.

– Jestem dobrze zorientowany w temacie technologii ery sprzed kolonizacji – pochwalił się.

– Skoro aktywowaliśmy rdzeń, to czy możliwe jest ponowne uruchomienie tego statku? – zapytałem.

– No tak. Wcześniej łącza pozostawały offline, teraz jednak powinny być dostępne.

Stuknąłem się w ucho.

– Siggy, Freddie, szybko do mnie! Potrzebny mi ten szturmowiec, który macie w bebechach!

– Mamy ponownie wylądować? – upewnił się Freddie.

– Co kombinujesz, kapitanie? – zapytała Karin.

– Tak, proszę nas oświecić – zawtórowała Dressler.

– Za wcześnie na świętowanie, moje panie – odparłem, a serce już mi przyspieszyło. – Ale, do diaska, możliwe, że przyszedł mi do głowy świetny pomysł.

Po odbyciu długiej rozmowy wyglądało na to, że mamy plan.

A przynajmniej coś zbliżonego do planu. Wszystko zależało od tego, czy stare systemy komunikacyjne nadal działają. Reszta miała nam wyłącznie zapewnić więcej czasu.

Razem z Abigail udaliśmy się biegiem z powrotem na zewnątrz, Dressler zaś została, aby pomóc Karin i pozostałym na nowo aktywować sieć komunikacji.

Spotkałem się z Freddiem na śniegu. Czekał na mnie ze zdenerwowaniem malującym się na twarzy, niewątpliwie mającym związek z zagrożeniem czającym się na orbicie.

– Jaki ma pan plan, kapitanie? – zapytał, gdy wbiegłem do ładowni.

Zbliżyłem się do starego szturmowca i dotknąłem drzwi.

Zalała mnie fala ulgi, kiedy moje tatuaże zaczęły się jarzyć.

To oznaczało, że dzięki nowemu rdzeniowi trytowemu statek znowu był na chodzie.

Drzwi się rozsunęły.

– Pamiętajcie o pelerynie i lećcie za mną – poleciłem. – Nie pokazujcie się wrogowi, chyba że okaże się to konieczne. Rozumiesz, Fred?

– Chyba tak – odparł.

– Abby zajmie się bronią, tak samo jak poprzednim razem.

– Zostaw to nam – rzekła do mnie.

– Eee, dlaczego to robimy? – zapytał Freddie. – To przecież samobójstwo.

– Zamierzamy grać na zwłokę i mieć nadzieję, że Janusowi i pozostałym uda się wysłać sygnał do Tytana – wyjaśniłem.

– Tytana? – powtórzył. – Mówi pan poważnie?

Wsiadłem do statku.

– A co, nie wyglądam, jakbym tak mówił? – zapytałem, posyłając Freddiemu szelmowski uśmiech.

Wnętrze statku zdążyło się już aktywować i czekało na mnie. Zająłem swoje miejsce i położyłem dłoń na desce rozdzielczej, próbując wyrzucić z głowy niepotrzebne myśli. Minęło kilka dni, odkąd używałem tego czegoś, a nawet wtedy ledwie zostałem przeszkolony.

Statek zaczął się odrywać od podłogi ładowni, aż w końcu zawisł delikatnie w powietrzu. Freddie przyglądał się temu z daleka, stojąc obok szafek. Wolną ręką stuknąłem się w ucho.

– Wznieś nas do góry, Fred. I pamiętaj o pelerynie.

Kiwnął głową, po czym pobiegł na górę. Postanowiłem statek z powrotem na podłodze, spokojnie czekając.

Poczułem na sobie niespokojne spojrzenie Abby. Sporo ryzykowaliśmy, a tym razem nie mieliśmy do pomocy Tytana.

Nie mieliśmy nawet działającego napędu ślizgowego. Mało tego, od naszego sukcesu zależało życie setek ludzi na tej planecie.

Posłałem jej wymuszony uśmiech. Odpowiedziała tym samym.

Gdy Zbuntowana Gwiazda wzbiła się w powietrze, pomyślałem, jak wiele się zmieniło w tak krótkim czasie.

Dla nas wszystkich.

I niech mnie piekło pochłonie, jeśli dopuszczę do tego, aby to wszystko diabli wzięli.

<h1 style="text-align:center">21</h1>

Zbuntowana Gwiazda frunęła po niebie z taką tylko prędkością, aby uniknąć wykrycia przez czujniki Galaktycznego Świtu. Gdybyśmy podlecieli zbyt blisko, wychwyciłyby emanujące z silnika gorąco, jednak w takiej odległości powinno nam się udać przeciąć orbitę.

To także znaczyło, że aby nie wpaść na nich, musimy pofrunąć jakieś sto kilometrów w drugą stronę – w tym przypadku w kierunku wschodnim.

Po wejściu na orbitę wyłączyliśmy silniki, szykując się na spotkanie ze Świtem za niecałe piętnaście minut.

– Otwórz drzwi, Siggy – poleciłem i ponownie położyłem dłoń na desce rozdzielczej szturmowca.

– Już się robi, proszę pana – odparła AI.

Drzwi ładowni powoli się opuściły. Przeciąłem statkiem całe pomieszczenie, po czym wyfrunąłem na zewnątrz.

Obrałem kurs na Świt. Wiedziałem, że nie zostanę namierzony, niemniej postanowiłem zachować ostrożność i odpowiedni dystans umożliwiający ewentualną ucieczkę.

– Galaktyczny Świt wysyła właśnie przekaz na powierzchnię planety – poinformował mnie Sigmond.

– Jakiego rodzaju przekaz? – zapytałem.

– Wideo. Mam go odtworzyć? Mogę go przekazać do hologramu na pańskiej desce rozdzielczej.

– Proszę.

Przede mną pojawił się przekaz, a razem z nim znajoma twarz.

– Uwaga, kapitanie Hughes i inne osoby, które to słyszą. Proszę o natychmiastową odpowiedź. Znamy pańską lokalizację i koordynaty obiektu bądź bazy, z której pan korzysta. Proszę odpowiedzieć, w przeciwnym razie otworzymy ogień.

Generał Brigham przemawiał w sposób pewny, ale nie był w stanie ukryć gniewu. Widziałem go w jego oczach. Gdybym tylko pozwolił, osobiście poderżnąłby mi gardło.

– Siggy – powiedziałem, telepatycznie wyłączając obraz. – Monitoruj ten statek i dawaj znać, gdyby coś się działo.

– Oczywiście, proszę pana.

Kazałem statkowi otworzyć linię z Janusem. Kilka sekund później pojawiło się kolejne holo – tym razem z twarzą Kognitywnego.

– Witam, kapitanie.

– Jaki jest wasz status? – zapytałem.

– Myślę, że z pomocą doktor Dressler uda nam się wznowić działanie naszego systemu komunikacji. Razem z kilkuosobowym zespołów dokonuje ona właśnie koniecznych napraw.

– Poradzi sobie?

– Jest w tym naprawdę biegła – odparł Janus. – Jestem przekonany, że wkrótce wszystko będzie działać.

– Co z tarczą?

– Dokonano modyfikacji i jesteśmy gotowi do jej aktywacji.

– Zróbcie to – poleciłem.

Kiwnął głową.

– Właśnie się aktywuje. Namierzyliśmy także statek wroga. Kiedy będzie pan gotowy do ataku, proszę dać znać, a uczynimy to samo.

Pomyślałem o obiekcie, nie zdając sobie sprawy z tego, że zmienię tym samym holo. Pojawił się obraz przedstawiający całą bazę i ujrzałem nagłą falę niebieskiej energii, zachowującą się jak bańka. Tarcza wyglądała identycznie jak ta wokół Tytana, przezroczysta z niebieskawą poświatą.

– Będziemy w kontakcie – rzuciłem do Janusa. – Przygotujcie się na wystrzelenie pocisków rakietowych.

– Zrozumiałem – odparł, po czym połączenie zostało zakończone.

Siedziałem i czekałem na odpowiedni moment. Nie zamierzałem inicjować tej walki, gdyż tym sposobem tylko bym wszystko przyspieszył, a Janus potrzebował czasu na wysłanie tej wiadomości.

Na mojej desce ponownie pojawił się Brigham.

– Widzimy, że aktywowaliście tarczę – oświadczył. – Jeśli jej nie dezaktywujecie i się nie poddacie, przejdziemy do ataku. Macie dziesięć sekund na odpowiedź.

Nachyliłem się, a statek poruszył się razem ze mną. Silniki nabrały mocy większej, niż zamierzałem. Wystrzeliłem w stronę transportowca i wycelowałem prosto w jego poczwórne działa.

– Jak sobie chcecie. – Generał Brigham pokręcił głową. – Rozpoczynamy bombardowanie.

Hologram zbladł. Znajdowałem się już na tyle blisko Świtu, że widziałem obracające się działa, gotowe do oddania ognia. Pojawiło się światło, które wypuściło falę ognia tak wielką, że przypuszczalnie zdolna by była zniszczyć całe miasto.

Pociski uderzyły w tarczę, powodując jej drżenie.

Zatrzymałem swój statek w odpowiedniej odległości i nakazałem mu przystąpić do ataku. W tym samym momencie eksplodowała niebieska wiązka – trafiła w Galaktyczny Świt i zniszczyła dwa działa.

– Janus, teraz! – warknąłem i zmieniłem położenie mojego statku tak, by wycelować w kolejne działa. – Strzelaj!

– Zrozumiałem – odparł Kognitywny.

Na holo zobaczyłem, jak kilkanaście pocisków opuszcza tę część obiektu, której dotąd nie widziałem. Większość leciała w dobrym kierunku.

W odpowiedzi Galaktyczny Świt aktywował tarczę, zamykając mnie w jej obrębie, wcześniej jednak wystrzelił własne pociski. Nie mogłem się oprzeć wrażeniu, że już to przeżyłem.

W przeciwieństwie do poprzedniego razu nie dysponowałem żadnymi pociskami, ale nie szkodzi. Znajdę coś, co mogłem uszkodzić.

Wycelowałem w drugi komplet dział i nakazałem mojemu statkowi wystrzelić.

Gdy moja wiązka zderzyła się z działami, pociski z planety trafiły w tarczę Świtu, przez co ta cała się naprężyła. Chwilę później tarcza zamigotała – została dezaktywowana, ale nie zniszczona, co oznaczało, że szykuje się coś więcej.

No i proszę, Galaktyczny Świt otworzył część swoich drzwi,

wypuszczając chmary statków szturmowych niczym pszczoły z ula. Sunęły w moją stronę.

– Janus, poślij resztę! – zawołałem, oddalając się od Galaktycznego Świtu. – Freddie, Abigail, przygotujcie się!

– Zrozumiałem – odparł Kognitywny.

– Jesteśmy gotowi! – zapewniła Abby.

Rój frunął za mną, a ja go wiodłem w stronę północnej części planety, blisko księżyca. Nim znalazłem się za daleko, odwróciłem się i zmniejszyłem moc silników, po czym wysłałem wiązkę światła w sam środek roju.

Spora liczba statków eksplodowała, inne zaś zniosło na bok.

Część kontynuowała swój pościg, strzelając czym popadło.

– Pozostańcie niewidoczni, Freddie! – nakazałem. – Nie pokazujcie jeszcze kart!

– Jak długo? – zapytał.

– Po prostu czekajcie!

Dotarłem do orbity księżyca, szturmowce zaś deptały mi po piętach. Nieprzerwanie strzelały, ale mój statek był szybszy i zwinniejszy. Nie były mnie w stanie trafić.

Na holo zobaczyłem kolejną otwierającą się wyrzutnię rakietową, a chwilę później w niebo wzbiła się seria pocisków.

Oto moja szansa.

Zaprowadziłem statki wroga w odpowiednią lokalizację, wchodząc do atmosfery, ale nie za nisko.

Leciały za mną, oddając strzał za strzałem. Przy każdym trafieniu drżał mi kadłub i przez moją głowę przemknęła myśl, że może jednak uda im się mnie zabić.

Wtedy jednak ujrzałem pociski.

Przeciąłem ich drogę w samą porę, aby trafiły za mnie, zderzając się z setkami statkami wroga.

Hologram pokazał szeroki pas eksplozji – niebo się rozświetliło i zaczęły z niego spadać fragmenty zniszczonych statków. Wybuchy trwały kilka sekund. Części pocisków udało się prześlizgnąć i kierowały się teraz w stronę Świtu.

Trafiły w tarczę, a ta pękła. Szybko wyfrunąłem z chmur.

– Ja nie mogę! – szczeknąłem, wpatrując się w światełka na holo. Każde reprezentowało jeden szturmowiec. Zamiast setek zostało ich tylko kilkadziesiąt. Atak rakietowy zdziesiątkował je bardziej, niż mogłem to sobie wymarzyć. – Freddie, Abigail, pora się brać do roboty!

– Tak jest, kapitanie! – odparł Fred.

Czekająca na orbicie Zbuntowana Gwiazda pozbyła się peleryny i wystrzeliła bezpośrednio w grupę statków wroga. Ciemność rozjaśnił krótki błysk, a trzy statki przestały istnieć.

Działa się obróciły, celując w maruderów. Ja z kolei skupiłem się na Świcie.

Gdy wzbiłem mój statek wyżej, Brigham potraktował bazę kolejną serią pocisków.

– Janus, jaki macie status? – rzuciłem.

– Tarcza spełnia swoje zadanie – odparł. – Doktor Dressler udało się wymienić fragment uszkodzonej instalacji, dzięki czemu w końcu aktywowałem sieć komunikacyjną.

– Kiedy wyślesz przekaz? – zapytałem.

– Już to zrobiłem. Trzydzieści sekund temu. Jeśli Athena ma aktywny odbiornik, wkrótce powinna odebrać przekaz, nawet w Slipspace.

Galaktyczny Świt znajdował się tuż przede mną i szykował się na kolejny ostrzał.

– Czyli nadal musimy grać na zwłokę – powiedziałem, przyglądając się transportowcowi zmrużonymi oczami. – Janus, nie masz jeszcze przypadkiem paru pocisków?

– Obawiam się, że nasz arsenał uległ wyczerpaniu, kapitanie – odparł Kognitywny. – Musi pan liczyć tylko na siebie.

Na desce zamrugał mi alarm, informując o tym, że właśnie się otworzył tunel ślizgu, ten, za którym podążył za nami Świt, co mogło znaczyć tylko jedno.

Pojawiło się sporo jasnych kropek, a każda reprezentowała statki zarówno unijne, jak i sarkonijskie.

– Cholera – mruknąłem, obserwując, jak szczelina otwiera się i zamyka, wypluwając z siebie kolejne statki.

W ciągu zaledwie kilku minut z tunelu wyleciały trzy unijne krążowniki i osiem sarkonijskich szturmowców.

To wszystko komplikowało.

– Freddie, ruszaj na Świt! – krzyknąłem. – Wystrzelajcie, co macie, zanim dotrą tu pozostali. Naróbcie tylu szkód, ile się da.

– Tak jest! – odparł Freddie.

Nasze dwa statki zbliżyły się do transportowca Brighama, celując w ostatnie pozostałe działa. Może i nie uda nam się powstrzymać reszty statków, ale przynajmniej uchronimy obiekt przed natychmiastowym zbombardowaniem.

– Flota dotrze za dwie minuty – poinformował Sigmond. – Doradzam szybki odwrót, proszę pana.

– Jeszcze nie – mruknąłem i zająłem pozycję na wprost Świtu. Od czasu naszego ostatniego spotkania Brigham dokonał wielu napraw, byłem jednak gotowy się założyć, że kadłub nie jest jeszcze w idealnym stanie, a już na pewno nie ta część, którą wysadziłem w powietrze. No i proszę, czujniki wykazały, że kadłub jest tutaj cieńszy i nadal widać ślady zniszczeń. Za mało było czasu na generalną naprawę. Gdyby udało mi się zaatakować to miejsce, może w końcu zabiłbym drania.

Poleciłem swojemu statkowi wycelować, a następnie uwolniłem wiązkę niebieskiej energii, precyzyjną niczym skalpel chirurga. Kadłub zaczął powoli pękać, ulegając wiązce. Trochę to zajmie czasu, ale to była najlepsza okazja.

– Proszę pana, czujniki wykrywają, że niedaleko szóstej planety tworzy się nowy tunel – odezwał się Sigmond.

– Powtórz, Siggy – poleciłem.

– Kolejna szczelina, proszę pana. Wyłania się z niej jeszcze jeden statek.

– Unijny czy sarkonijski? – zapytałem, przywołując holo.

– Ani taki, ani taki. Wygląda na to, że to…

Holo zaprezentowało wyłaniającą się ze szczeliny potężną kulę. Otworzyłem szeroko oczy, kiedy zaczęło do mnie docierać, co widzę.

To był Tytan, który nareszcie tu przybył.

22

Walnąłem ręką w deskę rozdzielczą, czując niewyobrażalną ulgę.

– Oto i ona! – zawołałem.

– Kapitanie Hughes, tutaj Kognitywna Athena ze statku kolonizacyjnego Tytan. Słyszy mnie pan?

– Słyszę – potwierdziłem, nie przestając traktować wiązką transportowca Brighama.

– Skany pokazują, że do waszej lokalizacji zmierzają wrogie statki. Mam interweniować?

– Tak! – krzyknęła Abigail. – Na litość boską, tak!

– Doskonale – odparła Athena. – Obieram kurs i rozlokowuję dodatkowe statki.

– Dodatkowe statki? – zapytał Freddie.

Holo zrobiło zbliżenie księżyca, dzięki czemu ujrzałem wyłaniające się z Tytana trzy nowe światełka.

– Wszyscy dają radę? – zapytał głos na drugim końcu.

– Czy to Alphonse? – zdziwił się Freddie.

– Owszem – odparł. – Ale nie jestem sam.

– Tutaj Octavia – odezwał się drugi głos.

– I Bolin – dodał trzeci.

– A to niespodzianka – powiedziała Abigail. – Wygląda na to, że od naszego ostatniego spotkania wszyscy byliśmy zajęci.

– Później wymienimy się opowieściami – wtrąciłem. – Teraz się skupmy na zbliżających się statkach. Alphonse, Octavia, Bolin, wy ochraniajcie planetę. To priorytet.

– Zrozumiałem – odparł Alphonse. – Już tam lecimy.

– Dlaczego planetę? – zapytała Octavia.

– Są tam ludzie – wyjaśniła Abigail. – Ludzie tacy jak Lex.

– Och? Cóż, a to ciekawe – stwierdził Alphonse. – Kapitanie, jaki mamy obrać model ataku?

– Najpierw zdejmijcie Sarkonijczyków – poleciłem. – Są mniejsi i szybsi. Krążownikami niech zajmie się Athena.

– Zrozumiałem – odparł Alphonse.

Trzy szturmowce obrały kurs na flotę i pofrunęły. W tym samym momencie wypuściły trzy wiązki światła, czyniąc spustoszenie pośród statków.

Ja się skupiłem na Galaktycznym Świcie. Nie zamierzałem pozwolić, aby Brigham zastawił na mnie kolejną pułapkę. Nie dzisiaj.

Zbuntowana Gwiazda dołączyła do pozostałych, aktywując po drodze pelerynę, a następnie dokonała jej dezaktywacji na chwilę potrzebną do użycia dział. Nie ma to jak zabawa w chowanego.

– Kapitanie, przenoszę łączę pańskiego statku na Tytana – odezwała się Athena. – Wygląda na to, że obecne źródło staje się niestabilne.

– Niestabilne? – zapytałem. – Jak to?

– Skany wykazują niestabilność w jednostce z rdzeniem trytowym, czego powodem może być użycie tarczy. Nie był pan tego świadomy?

Natychmiast przywołałem Janusa. Na holo pojawiła się jego twarz, taka sama jak do tej pory.

– Czy u was wszystko w porządku? – zapytałem szybko.

– Proszę wybaczyć, kapitanie – odparł. – System doznaje pewnego obciążenia. Karin inicjuje właśnie procedury awaryjnej ewakuacji.

– Dokąd wszystkich zabiera?

– Do trzeciego obiektu, wykorzystując trasę na powierzchni. Rdzeń staje się niestabilny. W razie dalszego uszczerbku może dojść do pełnego rozpadu.

– Co to znaczy pełen rozpad? – zapytałem gorączkowo.

Posłał mi znaczące spojrzenie.

– Obawiam się, że koniec tego obiektu.

– Cholera – szepnąłem. – Jaki byłby wtedy promień wybuchu?

– Nie jest to wiadome – odparł Kognitywny.

– Kapitanie, jeśli wolno mi wtrącić – odezwała się Athena. – Witaj, Janusie. Proszę wybaczyć, że nie wymieniam teraz uprzejmości, ale mam pewną sugestię.

– Witaj na naszym terenie – powiedział Janus.

– Dziękuję. Jeśli dam radę umiejscowić Tytana wystarczająco blisko, możliwe, że uda mi się wysłać na ziemię statki transportowe.

– Sądziłem, że nie da się nimi latać bez pilota – wtrąciłem.

– Zgadza się – przytaknęła. – Jednakże statkami tymi da się kierować w sposób automatyczny, za pomocą wysyłanych przez Tytana wiązek energii. Obawiam się, że to tymczasowo zmniejszy moc naszej tarczy, ale moje wyliczenia mówią, że takie rozwiązanie jest optymalne.

– Mnie to pasuje – stwierdziłem. – Janus?

– Jak najbardziej. Atheno, przekazuję ci w tej chwili koordynaty. I dziękuję.

– Nie ma za co – odparła.

Według radaru krążowniki znajdowały się już blisko nas. Jeśli się nie pospieszymy i szybko nie ogarniemy tej sytuacji, kilka setek ludzi nie przeżyje.

W chwili kiedy zjawił się Tytan, mnie udało się przedrzeć przez kadłub zewnętrzny Galaktycznego Świtu. Czujniki poinformowały mnie, kiedy dotarłem do pierwszego pokładu, czyli ładowni.

Tytan wypuścił niewielką flotę statków kierujących się ku planecie. W odpowiedzi Galaktyczny Świt wystrzelił w stronę tarczy księżyca całe mnóstwo punktowych głowic. Jednak bez dostępu do poczwórnych dział niewiele mogli zdziałać.

Jeden z sarkonijskich statków się wysforował i szybko zmierzał w moją stronę. Strzelał raz za razem, dając mi tylko kilka sekund na ucieczkę. Nim jednak zdążyłem się ewakuować, jeden z pocisków trafił mnie w bok, przez co statek zaczął się obracać. Gdy odzyskał równowagę, dostrzegłem inne pociski i szybko nakazałem statkowi, aby zanurkował.

Pofrunąłem w stronę ziemi, a kiedy dotarłem do stratosfery, obróciłem się, wykorzystując tarcie w atmosferze.

Gdy pociski były już blisko, nakazałem statkowi potraktować je ogniem. Pozostał jeszcze sarkonijski statek. Wzbiłem się wyżej, a następnie zgasiłem silniki i obróciłem się w jego stronę. Dzięki prostej komendzie posłałem wiązkę światła.

Ten drań nie miał szansy przeżyć.

Nim jednak mogłem świętować, na holo zmaterializowała się twarz Janusa.

– Kapitanie, wszyscy członkowie kolonii są już na pokładach i czekają na odlot.

– Athena? – zawołałem. – Słyszysz?

– Zrozumiałam – odpowiedziała od razu. – Dziękuję, Janusie. Proszę czekać na ewakuację.

– Janus, jest z tobą Karin? – zapytałem.

– Karin znajduje się na pokładzie jednego ze statków razem z Lucią, Josefem i całą resztą – odparł.

– Ale co z tobą? – chciałem wiedzieć.

– Obawiam się, że nie mam możliwości opuszczenia tej stacji – wyjaśnił.

Zaskoczył mnie tym.

– Jesteś… jesteś pewny?

– Tak – potwierdził. – Przepraszam za tę niedogodność, kapitanie, ale nie da się tego obejść. Moje funkcjonowanie jest bezpośrednio powiązane z tym systemem. Nie da się mnie przenieść, chyba że…

– Athena! – warknąłem. – Zrób coś!

– Możliwe, że mając wystarczająco czasu, będę w stanie dokonać transferu za pomocą sterowania ręcznego – oświadczyła.

– Janus, słyszałeś? – zapytałem. – Wytrzymaj jeszcze trochę!

– Obawiam się, że to się nie uda. Rdzeń w każdej chwili może przestać działać. Coś takiego może doprowadzić do jego stopienia się, a potencjalnie do zniszczenia statków, nim te zdążą się ewakuować. Muszę pozostać na miejscu.

– Wyłącz to cholerstwo! – krzyknąłem. – Janus, nadal możemy uratować…

Hologram zamigotał, na chwilę zniekształcając twarz Kognitywnego. W końcu znowu stał się wyraźny. Zdawał się patrzeć mi prosto w oczy.

– Proszę się nimi opiekować, kapitanie Hughes – powiedział, uśmiechając się ciepło. – Resztę pozostawiam panu.

– Janus!

Nagle na powierzchni planety pojawił się błysk, a chwilę później największy grzyb atomowy, jaki w życiu widziałem.

Krążowniki ostrzeliwały Tytana wszystkim, czym dysponowały. Athena zwiększyła zasięg tarczy, aby zabezpieczyć pozostałe statki, które się zjawią za kilka minut. Miałem pewność, że tarcza nie wytrzyma tak długo.

– Wszyscy do mnie – poleciłem.

– Jaki jest plan, kapitanie? – zapytał Alphonse.

– Obierzcie za cel pierwszy krążownik. We czwórkę powinniśmy narobić szkód i zapewnić Athenie trochę czasu.

– Co z nami? – zapytała Abigail.

– Użyjcie peleryny, tak jak do tej pory. Zabezpieczajcie tyły i pozwólcie, abyśmy to my przyjęli większość ognia – powiedziałem. – Rozglądajcie się za zbłąkanymi statkami. Nie potrzebuję, aby jakieś sarkonijskie rakiety znowu trafiły mnie w tyłek.

– Może pan liczyć na nas dwoje! – wykrzyknął Fred.

– Troje – poprawił go Sigmond.

– No tak!

Zbuntowana Gwiazda aktywowała pelerynę, a w tym czasie nasza czwórka otworzyła ogień do najbliższego krążownika. Cztery wiązki trafiły w kadłub. Krążownik próbował wziąć odwet, strzelając na oślep.

Chwilę później drzwi ładowni się otworzyły i ze środka wyfrunął nieduży dywizjon myśliwców. Nie zdążyły jednak odlecieć daleko, gdyż Alphonse i Octavia ostrzelali statki oraz samą ładownię.

Zza nich wychynął Bolin i wbił się do środka. Jego wiązka zapaliła wszystko w promieniu wzroku, a niebieski ogień przedarł się do sąsiednich korytarzy. Aktywowały się gaśnice, lecz było za późno. Połowa ładowni uległa zniszczeniu.

Moje czujniki wykryły setki opuszczających krążownik kropek – kapsuł ewakuacyjnych. Dziwne, bo miałem pewność, że nie wyrządziliśmy szkód, które usprawiedliwiałyby porzucenie statku.

Kapsuły odpaliły silniki i pofrunęły w stronę krążownika znajdującego się najbliżej.

– Uciekają! – wykrzyknął Bolin.

– Miejcie go na oku – poleciłem. – Weźmiemy się za drugi, gdy tylko…

W tym momencie krążownik eksplodował. Siła wybuchu wbiła mnie w fotel i odruchowo oderwałem dłoń od deski rozdzielczej.

Niekontrolowanie się obracając, leciałem w kierunku planety.

23

Straciłem świadomość tylko na kilka sekund, to jednak wystarczyło, abym zapomniał, gdzie się znajduję i co robię.

Skąd to nieprzyjemne uczucie w żołądku? Czy ja zaraz zginę?

Rozejrzałem się po wnętrzu statku, szukając ratunku. Próbowałem coś powiedzieć, nie byłem jednak w stanie. Ledwie się mogłem ruszyć.

Uniosłem powoli rękę i przywołując wszystkie swoje siły, próbowałem dosięgnąć konsoli. Próbowałem…

Zacisnąłem zęby, zginając palce. Prawie się udało.

Moja dłoń musnęła krawędź deski rozdzielczej, pod opuszkami zaś pojawiło się niebieskie światło.

– Stop! – udało mi się w końcu krzyknąć.

Aktywowały się silniki sterujące, dzięki czemu zatrzymałem się w powietrzu z taką siłą, że aż mnie wbiło w fotel.

„W górę", pomyślałem. „Do góry!"

Statek wzniósł się ku niebu, a kiedy opuściłem stratosferę, zamiast błękitu pojawiła się czerń.

Radar pokazywał, że krążownik uległ całkowitemu zniszczeniu, widać było jednak dwa inne, a oprócz tego Galaktyczny Świt. Co ważniejsze, cztery kolejne kropki, niebieskie, stanowiły dowód na to, że moja załoga żyje, a przynajmniej ich statki nadal dokonują przekazów.

– Do wszystkich! Raport!

– N-nic nam nie jest – odezwał się Freddie.

– Byłem na tyle daleko, aby siła eksplozji nie wyrządziła mi szkody – powiedział Alphonse.

– Mnie też nic się nie stało – poinformowała Octavia.

Cisza.

– Bolin? – zapytałem.

Żadnej odpowiedzi.

– Bolin! Odpowiedz, do jasnej cholery! – warknąłem.

– K-kapitanie Hughes. – Głos mu się łamał.

Odetchnąłem z ulgą.

– N-nie mogę ruszyć statku – mruknął. – Silniki nie działają.

– Bolin, jesteś ranny? – zapytała Octavia.

– Tak – odparł cicho.

– Zostań tam, gdzie jesteś – poleciła. – Sigmond, możesz go odebrać?

– Tak – potwierdziła AI.

Jeden z krążowników znowu był w ruchu i wysuwał się przed trzeci, niewątpliwie próbując zablokować kapsuły ewakuacyjne pakujące się do ładowni trzeciego statku.

– Wygląda na to, że mamy więcej problemów – rzuciłem. – Siggy, zajmij się Bolinem. Pozostali: jeszcze nie skończyliśmy.

– Kapitanie, tu Athena – usłyszałem. – Wszyscy koloniści są bezpieczni na pokładzie Tytana. Proszę o wycofanie się do statku. Teraz kolej na mnie.

– Najpierw musimy ściągnąć Bolina na Gwiazdę! – odparłem.
– Do roboty! A zaraz potem spadamy stąd!

– Zrozumiałem – powiedział Alphonse.

– Athena, obierz kurs na ten krążownik! Bierz tyłek w troki i umość się między nami – poleciłem.

Szybko pofrunęliśmy na spotkanie z krążownikiem, zanim ten dotarł do statku Bolina. Wystrzelił całą serię pocisków, z których każdy miał inny cel.

Octavia wypuściła wiązkę, niszcząc w ten sposób dwa pociski, natomiast Alphonse i ja zajęliśmy się resztą. Nasze trzy wiązki się krzyżowały, przeskakując z jednej bomby na drugą.

Za nami pojawiła się Gwiazda, aktywowała pelerynę i opuściła drzwi ładowni. Czujniki pokazały, że do Bolina wysyłana jest lina holownicza. Zahaczyła o dziób i pociągnęła. Załadowanie jego statku zajmie trochę czasu. Może zbyt dużo.

Aktywowałem komunikator.

– Siggy, połącz mnie z Galaktycznym Świtem.

– Tak, proszę pana – odparła AI. Po krótkiej chwili usłyszałem: – Proszę mówić.

– Generale Brigham, tutaj kapitan Hughes ze Zbuntowanej Gwiazdy. Proszę wycofać swoje krążowniki.

Na hologramie wyświetliły się twarz i tułów Brighama.

– No proszę, kapitan Hughes, nareszcie postanowił pan się poddać. Lepiej późno niż wcale.

– Przymknij się pan i mnie posłuchaj. Albo pańscy ludzie się wycofają, albo ten statek wielkości księżyca zafunduje wam dziurę w bebechach. Słyszy mnie pan? – zapytałem.

– Gdyby to *coś* było w stanie zaatakować, już by to zrobiło. – Pokręcił głową. – Nie, coś mi mówi, że to pański koniec, kapitanie.

Westchnąłem.

– Athena, czy możesz…

Nim zdążyłem dokończyć zdanie, w kadłub Świtu trafiła kolejna wiązka, tworząc nowe pęknięcie.

– Zrobione – powiedziała Kognitywna.

Szybko sprawdziłem jej pozycję. Zbliżała się do nas, ale nie na tyle szybko, by w razie potrzeby nie mogła oddać jeszcze jednego strzału.

– Słyszał to pan? – zapytałem, patrząc na mężczyznę widocznego na holo. – I co pan na to?

W jego oczach pojawił się błysk przerażenia, który po chwili zastąpił dotychczasowy spokój.

– Niech porucznik Braxin się wycofa!

– Ale, proszę pana! – zaprotestował kogoś, kogo nie widziałem.

– Ma tak zrobić! – polecił generał.

– To mi się podoba – oświadczyłem z uśmiechem.

– Kapitanie, proszę mnie posłuchać. Jeśli się pan nie podda, Unia nie zaprzestanie pościgu. Naraża pan życie większej liczby osób przez to, że…

– Przez co? – przerwałem mu, nachylając się w stronę holo. – Przez to, że trzymam swoją załogę z dala od was?

– Sprzeciwianie się Unii nie jest rozwiązaniem opłacalnym i długofalowym, kapitanie. Nawet gdyby mnie pan teraz zabił, nadleciałyby inne floty. – Pokręcił głową. – Właściwie już tu lecą.

– Inne floty? – zapytałem.

– Zgadza się, Hughes. Unia odzyska swoją zdobycz, nawet jeśli będzie ją to kosztować całą armadę. Kiedy opadnie kurz i wszyscy będą martwi, broń, którą nazywa pan dzieckiem, znajdzie się ponownie w naszym posiadaniu. Będą pana ścigać do końca świata. A może nawet dłużej.

Cały się spiąłem. Do końca świata? Czy już zawsze będę musiał uciekać? Przełknąłem ślinę. Nie, musiałem znaleźć jakiś sposób na wyplątanie się z tej bzdurnej sytuacji.

– Może ma pan rację – mruknąłem. – Może ostatecznie wygracie, a ja jutro będę trupem, ale jutro to nie dzisiaj. – Posłałem mu krzywy uśmiech. – Dzisiaj to pan przegrywa.

W tej samej chwili z Tytana wystrzeliło pięć niebieskich wiązek, po czym połączyło się w jedną i trafiło w drugi krążownik.

Podwozie statku zostało rozorane niczym patroszona ryba.

Gdy wiązka uległa rozproszeniu, utworzyła się kolejna. Zahaczyła o Gwiazdę i jej nowego pasażera, po czym wciągnęła ich razem na pokład Tytana.

Pozostałe statki szybko pofrunęły za nimi. Radar mi pokazał, że trzeci krążownik wystrzelił w naszą stronę serię pocisków.

Ale ja znajdowałem się już wtedy w zasięgu tarczy.

Zanim wylądowałem, poleciłem Athenie, aby otworzyła tunel i zabrała nas stąd wszystkich w diabły.

– Aktywuję napęd ślizgu – powiedziała Kognitywna.

Nie minęło kilka sekund, a utworzyła się szczelina, przełamując ciemność i zastępując ją szmaragdowym światłem. Postawiłem swój statek na lądowisku. Tak bardzo chciałem odpocząć, zjeść coś gorącego albo wypić drinka. Ale najbardziej ze wszystkiego pragnąłem spotkać się ze swoją załogą.

Tytan szybko wleciał do tunelu. Trzeci krążownik kontynuował swój atak, było już jednak za późno. Po tym jak kilka kolejnych serii trafiło w tarczę, tunel zdążył się już zamknąć.

– Athena, policz obecnych – rzuciłem, kiedy mój statek znieruchomiał. Spuściłem głowę i zamknąłem oczy, próbując uspokoić oddech.

– Wszyscy pasażerowie policzeni – poinformowała mnie.

– A Bolin? – zapytałem.

– Abigail Pryar i Frederick Tabernacle zabierają go właśnie do kapsuły medycznej.

– Żyje?

– Tak – odparła, a ja poczułem, jak się rozluźniam. – Proszę się nie martwić, kapitanie, dojdzie do siebie.

Zobaczyłem, jak przez lądowisko biegnie grupka kolonistów. Nie mogłem uwierzyć, że nam się udało.

Rozległ się perlisty śmiech.

– Panie Hughes!

To Lex, biegnąca w moją stronę z otwartymi ramionami. Wpadła na mnie z taką siłą, że o mało mnie nie przewróciła. Zaśmiałem się.

– Spokojnie – rzuciłem, na co odpowiedziała uśmiechem.

– Wrócił pan! – wykrzyknęła, ściskając mnie z całych sił. – Gdzie pan był? Czemu tyle to trwało?

W jej głosie słychać było jednocześnie niepokój i ulgę. Zbyt wiele emocji dla tego dziecka. Odsunąłem się, tak bym mógł ją widzieć, po czym się nachyliłem.

– Przepraszam, mała. Trochę się zgubiłem i musiałem odnaleźć drogę do domu.

Dolna warga jej zadrżała, a w oczach pojawiły się łzy. Znowu mocno mnie przytuliła.

– Myślałam, że pan już nie wróci! Ja nie… nie wiedziałam…

Położyłem dłoń na jej plecach.

– Już dobrze, mała. Już dobrze. – Odchrząknąłem. – Wróciłem, Lex. Wszystko będzie dobrze.

- Naprawdę? - Podniosła na mnie twarz.

Kiwnąłem głową.

- Czy ja cię kiedyś zawiodłem? - zapytałem z uśmiechem. - Z kim ty rozmawiasz, mała?

Zachichotała i raz jeszcze mnie wyściskała.

Zobaczyłem, że kawałek dalej stoi Alphonse - ze śmiechem rozmawiał o czymś z jednym z kolonistów. Spojrzał na mnie i pomachał. Razem z Lex odmachaliśmy mu. Dziewczynka pobiegła do niego, ja się natomiast nie spieszyłem. Rozejrzałem się. Było tu tylu ludzi, tylu udało się uratować. Nie miałem pojęcia, co my zrobimy z nimi wszystkimi, miałem jednak pewność, że coś się wymyśli.

Gdy szedłem w stronę Alphonse'a, zauważyłem, że drzwi jednego ze szturmowców powoli się otwierają. Kolejni koloniści? Ilu jeszcze mogło ich być?

W otwartych drzwiach pojawił się jedyny pasażer w takim samym uniformie, jaki miał na sobie Alphonse.

To była Octavia, poruszająca się na dwóch zdrowych nogach, uśmiechnięta od ucha do ucha.

EPILOG

W ładowni panowało zamieszanie – moja załoga pomagała rozlokować wszystkich we własnych pokojach. Na Tytanie było aż nadto miejsca dla takiej liczby osób, dlatego nie widziałem powodu, dla którego mieliby się tłoczyć w jednym pomieszczeniu.

Kilkoro z nich pozostało w ładowni, aby pomóc w koordynacji. Karin chciała omówić kolejny krok, tak jakbym dysponował jakimś planem.

– Nie jestem pewny, co chcesz usłyszeć – rzekłem do niej. – Dopiero co udało nam się ujść z życiem. Ciesz się tym i daj mi odetchnąć.

Octavia zabrała Lex do Abigail, za którą dziewczyna bardzo się stęskniła. Tymczasem Alphonse pozostał ze mną i bez słowa przysłuchiwał się rozmowie mojej i Karin.

– Ten generał Brigham i jego Unia sporo odebrali moim ludziom. Janus był zaufanym przyjacielem.

Słyszałem w jej głosie sprzeczne emocje – gniew, stopniowo zastępowany przez żal i smutek. Tyle już razy sam to czułem.

– Janus zrobił to, co musiał. To był jego wybór. Musisz nauczyć się z tym żyć.

Karin spuściła wzrok.

– Co teraz będzie?

Pokręciłem głową.

– Nie wiem. Jak na razie dopisuje nam szczęście, ale nie możemy bez końca uciekać. W końcu jedna strona będzie musiała przegrać.

Zmrużyła oczy.

– Nie będziemy to my. Powiedz mi, że w to wierzysz.

– Oczywiście, że wierzy – odezwał się Alphonse. – Nie da się przetrwać tak długo bez cienia nadziei.

Karin przyjrzała mi się z zaciekawieniem.

– Tak właśnie jest?

Prawda była taka, że nie potrafiłem przewidzieć, co się teraz stanie. Byłem tylko Renegatem z Epsy, znajdującym się w położeniu, o które wcale się nie prosiłem. Nie zamierzałem jednak odejść. Nie wyrzekłbym się wszystkiego, o co walczyłem.

– Będziemy walczyć – rzekłem do Karin. – Nie zamierzam przegrać.

Uśmiechnęła się.

– Wobec tego możesz liczyć na naszą pomoc.

– Pytasz mnie, czy możecie tu zostać?

– A nie ma tu wystarczająco miejsca? – zapytała, unosząc brwi.

Alphonse wskazał na jej prawe ramię.

– Jeśli mogę – zaczął. – Twoje tatuaże. One działają? Jesteś nimi w stanie obsługiwać starą ziemską technologię?

Karin kiwnęła głową, po czym dotknęła stojącego obok nas

statku szturmowego. Aktywowała w ten sposób wewnętrzne oświetlenie.

– Masz odpowiedź.

Alphonse uśmiechnął się.

– Karin, wolno mi coś zasugerować?

– Słucham.

Były Komisarz spojrzał na mnie.

– Kapitanie, ile szturmowców znajduje się na pokładzie Tytana?

– Trudno powiedzieć – odparłem.

Omiótł spojrzeniem ładownię.

– Myślę, że chcemy się tego dowiedzieć.

Czekały tam setki statków, każdy w pełni uzbrojony i sprawny. Każdy gotowy do walki.

Potrzebowały jedynie pilotów.

OD AUTORA

Piszę te słowa jakieś dwie minuty po skończeniu ostatniego rozdziału i muszę powiedzieć, że fajnie było.

Nim w ogóle zacząłem pisać tę książkę, wiedziałem, że chcę opowiedzieć historię inną od dotychczasowych w tej serii. Tym razem bohaterowie mieliby walczyć nie tylko z ludźmi. Pojawiłyby się przerażające potwory.

Taki przynajmniej był pomysł. Nie miałem jedynie pewności, jak to ogarnąć. Ale podczas pisania *Księżyca* wszystko zaczęło wskakiwać na swoje miejsce. Zawsze interesowały mnie inżynieria genetyczna i społeczności dystopijne (moja pierwsza seria, *The Variant Saga*, poświęcona jest właśnie tym kwestiom), więc wykorzystanie tych wątków miało sens. Zważywszy na przedstawioną w *Księżycu* historię pochodzenia Lex i innych Wiecznych, nie dziwiło, że w pewnym momencie ten proces mógł pójść nie tak.

Ludzie, bez względu na to, jak bardzo się sobie wydają

perfekcyjni, zawsze noszą w sobie nieposkromioną pychę. Nie inaczej jest z Wiecznymi. A przynajmniej taki był ogólny pomysł.

To, co nastąpiło później, było po części horrorem science fiction, po części powieścią przygodową. Od zawsze najbardziej lubiłem te historie, które prezentują „nowe światy i nowe cywilizacje", zabierają w interesujące miejsca i odsłaniają jakiś mroczny sekret. Może bohaterowie przeżyją, może nie, ale zawsze trzeba rozwiązać jakąś zagadkę i niemal zawsze wstrząsa to fabułą.

W tym przypadku poznaliśmy ludzi, którzy zbudowali swoje życie na ruinach dawno umarłej cywilizacji, a ich jedynym pragnieniem jest przeżycie. Pojawiły się także potwory, ale, co szybko odkryliśmy, były one czymś więcej, niż początkowo się wydaje.

Wszystkie te postacie będziemy mieli okazję ponownie spotkać, tak samo jak resztę załogi. Unia zamierza się mścić, a Jace'owi będzie potrzebna każda pomoc.

A tymczasem dzięki, Renegaci, że to czytacie.

JN Chaney

PS. Amazon nie powie Wam, kiedy ukaże się kolejna część, ale możecie się tego dowiedzieć z wielu innych źródeł.

1) Dołącz do grupy na Facebooku JN Chaney Renegate Readers i przywitaj się. To świetne miejsce dla czytelników sci-fi, którzy lubią się pośmiać.

2) Obserwuj mnie bezpośrednio na Amazonie: wejdź na mój profil autora i kliknij w przycisk pod moim zdjęciem. Dzięki

temu będziesz dostawać powiadomienia e-mailowe od Amazona gdy tylko ukaże się nowa książka.

3) Możesz zapisać się na moją listę mailingową, klikając **tutaj**. Dzięki temu będę z Tobą w bezpośrednim kontakcie. Otrzymasz też dostęp do darmowych opowiadań.

Robiąc jedną z tych trzech rzeczy (albo wszystkie trzy), będziesz mieć pewność, że dowiesz się o publikacji każdej nowej książki.

NAZWY WŁASNE	
Androsia	Androzja
Arnesian	arnezyjski
Artesian	artezyjski
Badland	Złoziemie
Church of Homeworld	Kościół Ojczyźniany
Cognitive	Kognitywny/a
Command	Dowództwo
Constable	Komisarz
Deadlands	Martwoziemie
Dinesian Trading Company	Dinezyjska Spółka Handlowa
Eternals	Wieczni / Eternalsi
Forever Young	Wieczna Młodość
Galactic Net	Galaktyczny Internet (gal-net)
Immortality Project	Projekt Nieśmiertelność
Ink Experiment	Eksperyment Niebieski Atrament
New Dawn	Nowy Świt
Osiris System	Układ Ozyrys
Project Reclamation	Inicjacja Projektu Regeneracja
Rakers	Grabieżcy
Red Tower	Czerwona Wieża
Renegade Bounty Office	Renegackie Biuro
Renegade Star	Zbuntowana Gwiazda
Sarkon	Sarkona

Sarkonian Empire	Imperium Sarkonijskie
Sarkonians	Sarkonianie / sarkonijski
S.G. Point	Punkt Wylotu
Taurus Station	Stacja Taurus
Transients	Przelotni / Transienci
Union	Unia
Union Fleet	Unijna Flota
Union Guard	Unijna Gwardia
Union News Network	stacja Unijne Wiadomości
INNE	
Alpha Class	Klasa Alfa
Amber Class	Klasa Amber
Boneclaws	szponiarze
Carrier vessel	transportowiec
Comm	komunikator
Common E	Wspólny E (język)
Cloak	peleryna
Cruiser	krążownik
Digital reticule	cyfrowa siatka
Fighter	myśliwiec
Freighter	transportowiec
Fusion core	rdzeń syntezy
Galactic credits	galaktyczne kredyty
Graphing pod	kapsuła grafowa

Hard light	utwardzone światło
Hyperion shield generator	hyperionowy generator tarczy
Master Class	Master Class
Power core	rdzeń zasilający
Raider	niszczyciel
Ravager	pustoszyciel
Rift	szczelina
Rombdin	rombdyn
Seed ship	statek kolonizacyjny
Slip	ślizg
Slipdrive	napęd ślizgowy
Slip space	przestrzeń poślizgu / Slipspace
Strike ship	statek szturmowy

Podium

DISCOVER MORE

STORIES UNBOUND